HEYNE BÜCHER

MARIE LOUISE FISCHER

HERZEN IN AUFRUHR

Roman

WILHELM HEYNE VERLAG
MÜNCHEN

HEYNE ALLGEMEINE REIHE
Nr. 01/5351

15. Auflage

Printed in Germany 1993
Umschlagillustration: IFA-Bilderteam/L.S.P., Taufkirchen
Umschlaggestaltung: Atelier Ingrid Schütz, München
Gesamtherstellung: Presse-Druck Augsburg

ISBN 3-453-00728-X

1

Sehnsüchtig schaute Eva Krüger für einen Moment zum Himmel. Es war Ende Juni, zwei Tage vor den großen Ferien. Aber die Sonne schimmerte nur schwach durch den gelbgrauen Dunst, der über Düsseldorf lag.

Ihre Schulmappe schlenkernd, lief sie zum Fabrikgelände der »FA-Werke«, wo ihre Freundin Regine Karlson als Stenotypistin arbeitete.

Die große Uhr am Eingang zeigte eine Minute vor 17 Uhr, und da kam auch schon Regine.

»Gina«, rief Eva.

»Nett, daß du mich abholst«, sagte Regine. Doch ihre Stimme klang frostig. »Ich hoffe nur, du kannst mir endlich einen klaren Bescheid geben.« Sie ging auf den Parkplatz zu.

Eva, drei Jahre jünger und einen halben Kopf kleiner, bemühte sich, Schritt zu halten. »Wie oft soll ich es dir noch sagen«, beteuerte sie, »ich komme mit ... ganz bestimmt!«

Regine schloß ihr Auto, einen weißen sportlichen Zweisitzer, Baujahr 1963, auf. »Komm, Schätzchen, mach' mir nichts vor! Deinen Eltern hast du doch noch keinen Pieps gesagt!«

»Ich, Mensch, versteh mich doch!« flehte Eva. »Ich hatte einfach keine Gelegenheit.«

»Ach was, du hast die Hosen voll!« Regine schlüpfte auf den Sitz hinter dem Steuer und öffnete die andere Tür.

Eva warf die Mappe nach hinten und stieg ebenfalls

ein. »Du weißt doch, wie schwierig mein Stiefvater ist«, maulte sie.

»Schwierig! Daß ich nicht lache.« Sie startete und fuhr mit einer scharfen Rechtskurve los.

Als sie die Ausfahrt passiert hatten, sprach Regine im schulmeisterlichen Ton weiter: »Gerade, daß du einen Stiefvater hast, sollte die Angelegenheit doch erleichtern. Schließlich ist er ein Mann, und du bist ein hübsches Mädchen!«

»Bitte, Regine ...«

Aber die Freundin fiel ihr ins Wort: »Glaub nicht, daß ich kein Verständnis für dich hätte. Aber das alles hängt mir allmählich zum Hals heraus. Bring mir endlich die Erlaubnis, daß du mitfahren darfst ...«

»Aber die kriege ich doch, das ist doch gar kein Problem!«

Regine ließ nicht locker. »Bis spätestens heute abend!«

Eva seufzte. »Na, schön, ich spreche mit meinen Leuten.«

»Woll'n wir's hoffen. Wenn du mich suchst, ich bin in der ›Remise‹.«

»Gut, ich komme und sag dir Bescheid.« Eva spürte selber, daß das nicht sehr überzeugend klang. Sie schlug die Sonnenblende herab, auf der an der Rückseite ein kleiner Spiegel war, und betrachtete mißvergnügt ihr kleines Gesicht mit der hellen Haut und den winzigen Sommersprossen auf Nase und Stirn. Der Mund war zu groß, die Nase zu stumpf, und der glatte schwarze Pagenkopf trug auch nicht dazu bei, sie interessanter zu machen.

Sie sah genauso alt aus, wie sie war: 15. Warum sollte ein Mädchen wie Regine Geduld mit ihr haben?

Sie schnitt ihrem Spiegelbild eine Grimasse und klappte

die Blende wieder hoch. »Ich bekomme die Erlaubnis, Gina, ganz bestimmt«, versprach sie, »wenn du wüßtest, wieviel mir daran liegt!«

»Mir doch auch, Kleines!« Regines Stimme klang plötzlich viel weicher als vorher. Sie brachte das Auto vor dem Wohnblock in Düsseldorf-Hamm, wo Eva wohnte, zum Stehen. »Also, mach's gut. Bis heute abend!«

2

Aus dem Wohnzimmer plärrte der Fernseher. Am liebsten hätte Eva sich auf ihr Zimmer geschlichen, um mit ihren Gedanken allein zu sein. Aber das konnte sie sich heute nicht erlauben. Sie mußte eine Entscheidung erzwingen. So oder so.

Sie lehnte ihre Mappe gegen die Flurgarderobe und öffnete leise die Tür. Die Vorhänge waren zugezogen, über den Bildschirm flimmerte die Tagesschau. Davor stand nur der schwarze Ledersessel ihres Stiefvaters.

»Guten Abend, Vati«, sagte Eva so liebenswürdig, wie es ihr eben möglich war.

»Tag, Eva«, kam die Antwort aus der Tiefe des Sessels.

»Wo sind die anderen?«

»Bei Tante Anna. Sie hat Geburtstag.«

Zögernd trat Eva näher und schwang sich zu ihm auf die Sessellehne.

Sein Blick war unentwegt auf die Mattscheibe gerichtet.

»Vati . . .«, wollte Eva das Gespräch beginnen.

»Pssst!« machte er.

Mit Überwindung legte sie ihre Hand auf seine Schulter. »Vati, bitte, es ist wirklich sehr wichtig für mich!«

»Das kann ich mir schon vorstellen ... wenn du mich bittest!«

Er streckte den Arm nach ihr aus und zog sie auf seinen Schoß.

»Du kannst alles von mir haben, wenn du nur ein bißchen nett zu mir bist ...«

Sie hielt sich stocksteif. »Ja, Vati.«

»Also ... was willst du? Ein neues Kleid? Eine neue Hose? Einen Mantel?«

»Nein, Vati, es ist etwas ganz, ganz anderes. Meine Freundin Regine und ich ... Du weißt doch, Regine hat sich zu ihrem 18. Geburtstag ein Auto gekauft. Jedenfalls will sie in diesem Urlaub ein wenig wegfahren ..., und mich will sie mitnehmen! Falls ihr es erlaubt, heißt das!«

»Na, und wohin soll denn die Reise gehen?« fragte er ganz sanft und streichelte ihr Knie.

»Über die Schweiz, Frankreich, Spanien, Tanger, Casablanca, Afrika«, platzte sie heraus.

»Was ...? Da habt ihr euch aber allerhand vorgenommen!«

»Aber du erlaubst es doch, Vati?« fragte sie erregt.

»Mal überlegen.« Seine Hand kletterte an der Innenseite ihres Oberschenkels hoch, dabei lehnte er sein Gesicht an ihres.

Eva überlegte nicht, sie reagierte ganz instinktiv. Sie stieß den Kopf ihres Stiefvaters zurück und rutschte blitzschnell von seinem Schoß.

Herr Krüger sprang auf. »Du blöde Gans!« brüllte er. »Das wirst du mir büßen! Ich werde mich bei deiner Mutter beschweren!«

»Ja, tu's nur! Tu's nur!« rief sie zurück. »Aber vergiß nicht, ihr alles zu erzählen! Hörst du? Alles!« Dann stürzte Eva auf den Flur hinaus und in ihr Zimmer. Schluchzend warf sie sich über ihr Bett. Sie heulte vor Wut und Enttäuschung. So nahe hatte sie sich schon ihrem Ziel geglaubt, und dann das! Wenn sie ihren Stiefvater herumgekriegt hätte, wäre bestimmt auch ihre Mutter einverstanden gewesen, denn sie tat ja alles, was er wollte. Jetzt war alles verloren.

Während des Abendessens redeten Mutti und Evas jüngere Stiefgeschwister über Tante Annas Geburtstag.

Plötzlich wechselte Herr Krüger das Thema und sagte in gereiztem Ton: »Unsere Tochter hat mir heute einen reichlich verrückten Plan vorgetragen. Um es gleich vorwegzunehmen: Ich bin ganz und gar dagegen.«

»Ja, Eva?« fragte Evas Mutter sofort. »Was gibt's denn?«

Eva hätte am liebsten nichts gesagt. Sie wußte ja, daß es sinnlos sein würde. Aber es lag ihr so viel an dieser seit langem geplanten Reise mit der Freundin, daß sie voller Verzweiflung einen neuen Anlauf nahm. »Regine und ich, wir wollten in ihrem Urlaub, das heißt in den großen Ferien, zusammen wegfahren.«

»Ausgerechnet mit Regine Karlson!?« gab Frau Krüger prompt zurück. »Wie oft soll ich dir noch sagen, daß sie nicht der richtige Umgang für dich ist! Sie war ja auch schon einmal verlobt . . .«

»Na und?« rief Eva aufgebracht. »Ist das etwa eine Schande?«

»Eine geplatzte Verlobung ist peinlich«, behauptete ihre Mutter, »egal aus welchem Grund es zum Bruch gekommen ist. Ich glaube dir ja gerne, daß sie nicht schuld daran war. Aber daß sie überhaupt verlobt war, zeigt, daß sie Erfahrungen hat, die sich für ein so junges Mädchen wie dich nicht gehören.«

»Das ist doch an den Haaren herbeigezogen!« protestierte Eva.

»Daß du meinen Standpunkt nicht verstehen willst, beweist nur, wie recht ich habe. Ich sehe es schon ungern genug, wenn du hier in Düsseldorf mit ihr zusammenkommst. Ich denke ja nicht daran, dich mit ihr losziehen zu lassen. Das könnte ich einfach nicht verantworten.«

Eva starrte sie wütend über den Tisch hinweg an. »Und warum nicht, wenn ich fragen darf? Wenn du meinst, ich würde durch sie mit irgendwelchen Typen schlafen, dann bist du völlig schief gewickelt! Mit Regine könnte ich mich auf den Mond schießen lassen, ohne daß was passieren würde!«

»Hört euch das an!« rief ihr Bruder Peter begeistert.

Die Schwester prustete los.

»Ihr habt gut lachen!« schrie Eva. »Ihr wißt ja nicht, was gespielt wird! Tatsache ist, es gibt nur einen Ort auf der Welt, an dem mir was passieren kann, und das ist in der eigenen Familie!«

Ihre Mutter wurde weiß um die Nase. »Was soll das heißen?«

»Du hast mich sehr gut verstanden!«

»Das ist unerhört!« Frau Krügers Stimme zitterte. »Du wagst es, deinen Vater zu verleumden ... nein, das ist zuviel! Ich habe dich immer in Schutz genommen, aber ... also wirklich ...«

Es verschlug ihr die Sprache, und es dauerte ein paar Sekunden, bis sie weitersprechen konnte. »Geh sofort auf dein Zimmer! Du hast Hausarrest!«

»Nein!« Eva sprang auf. »Ihr könnt mich nicht einsperren . . . das dürft ihr nicht! Ich muß doch wenigstens Regine Bescheid sagen!«

»Regine wird schon ganz von selber merken, was die Glocke geschlagen hat«, sagte ihre Mutter energisch.

Eva verlegte sich aufs Bitten und Betteln. Aber es half nichts. Wenig später war sie auf ihrem Zimmer, und die Tür wurde von außen abgeschlossen.

Sie war viel zu zornig, um weinen zu können.

Als Eva sich einigermaßen beruhigt hatte, wusch sie sich erst einmal das Gesicht. Dann drehte sie ihr Transistorgerät an, und zwar in voller Lautstärke — die Eltern sollten sich bloß nicht einbilden, daß sie am Boden zerstört war.

Nach einer Weile aber wurde ihr klar, daß es wahrscheinlich klüger sein würde, wenn sie sich ruhig verhielt. Immerhin bestand eine gewisse Aussicht, daß die Eltern am Abend noch einmal zu Tante Anna fuhren, und wenn sie und die jüngeren Geschwister allein in der Wohnung blieben, würde sich vielleicht noch eine Chance für sie ergeben.

Also drehte sie den Apparat ab und lauschte auf die Geräusche in den anderen Zimmern. Eine gute Stunde ließ sich gar nichts Besonderes ausmachen, und sie war schon der Verzweiflung nahe. Dann wurden Schritte und Stimmen auf dem Flur laut, die Wohnungstür wurde geöffnet und fiel ins Schloß.

Eine Weile noch lauschte Eva atemlos und wagte nicht, ihrem Glück im Unglück zu trauen. Aber die Stille, die nun herrschte, konnte nur eines bedeuten — die Eltern waren weggegangen.

Eva klopfte SOS gegen die Wand — kurz, lang, kurz —, ein zwischen ihr und ihrem jüngeren Bruder Peter oft bewährtes Verständigungszeichen. Peter bumste zurück, und ein wenig später meldete er sich vor der Tür.

»Was ist los?«

»Ach, Peter«, flötete Eva zuckersüß, »bloß eine Frage... Interessierst du dich noch immer für meine Dynamo-Lampe?«

»Kann schon sein«, gab Peter nach kurzem Zögern zu.

»Willst du sie haben?«

Peter verstand sofort. »Wenn ich dich rauslasse, kriege ich einen Riesenkrach.«

»Unsinn. Sie müssen es ja nicht merken. Ich radle bloß mal schnell zur ›Remise‹ raus . . . und vor Mitternacht sind die doch nicht zurück.«

»Wenn du mir versprichst . . .«

»Alles, was du willst . . . nur schließ endlich die blöde Tür auf!«

Zehn Minuten später war Peter im Besitz der Taschenlampe, und Eva verließ in hellen Jeans, einem ärmellosen roten Pulli, Sandalen und einem Regenmantel die Wohnung. Sie holte ihr Fahrrad aus dem Keller und strampelte los.

Die ›Remise‹ war eine erst vor kurzem eröffnete Diskothek in Düsseldorf-Hamm und zur Zeit der Knüller für junge Leute. Obwohl die Wände schalldicht waren, hörte Eva die Musik, als sie noch ein gutes Stück von dem Schuppen entfernt war.

Das Gebäude war früher Stall und Gerätehaus eines Gutshofes und stand ganz frei in der nächtlichen Landschaft. Vor dem Lokal war ein kleiner Parkplatz, auf dem hauptsächlich VW und kleine Sportflitzer standen. Eva schob ihr Rad um das Haus herum und lehnte es an die

Hinterwand. Am Eingang zahlte sie die üblichen fünf Mark — für einen Schnaps, eine Cola und die Musik.

Ein irres Getöse schlug ihr entgegen. Wenn es draußen schon warm gewesen war, dann war es drinnen heiß wie in der Hölle. Es dauerte eine ganze Weile, bis sie in dem auf- und abblendenden Licht der grünen, blauen und roten Scheinwerfer einige bekannte Gesichter ausmachen konnte.

Regine entdeckte sie früher. Sie löste sich aus dem Knäuel der Tanzenden und ging ihrer Freundin entgegen.

»Alles im Eimer?« brüllte sie, um sich verständlich zu machen gegen den Lärm.

»Woher weißt du?« schrie Eva zurück.

»Man muß dich nur ansehen.«

Ein junger Mann, den Eva vom Sehen kannte, war Regine gefolgt.

»Na, komm schon«, drängte Regines Begleiter.

Eva hielt Regine zurück. »Was willst du nun machen?«

Regine warf dem jungen Mann einen koketten Blick zu. »Wer weiß . . . vielleicht nehme ich Harald mit!«

»Wohin, Süße?« brüllte der junge Mann in ihr Ohr.

Regine antwortete aber nicht. »Bleibst du noch?« fragte sie ihre Freundin Eva.

»Ein bißchen.«

»Dann paß auf meine Tasche auf!« Regine streifte den Riemen ihrer weißen Lackledertasche von der Schulter und gab die Tasche Eva. »Dort drüben sitzen wir . . . dritter Tisch links!«

Sekunden später war Regine wieder im Tanzgewühl verschwunden.

Eva gab einem Kellner ihren Bon und bestellte eine Cola mit Rum. Sie starrte in das bunte Treiben und fühlte sich unheimlich niedergeschlagen.

Regine würde nun mit diesem Harald loszwitschern oder mit sonst jemandem. Es war zum Kotzen. Der Alkohol tat überhaupt keine Wirkung. Oder doch? Als das weiße Licht aufleuchtete, bildete sie sich ein, eine Stichflamme zu sehen . . . und jetzt wieder! Die Dekoration aus Papier und Kunststoff schien in Flammen aufzugehen — entweder sie war doch beschwipst oder das war wahnsinnig geschickt gemacht.

Nein!

Eva sprang hoch, riß Regines Tasche und ihren Mantel an sich. Es brannte. »Regine!« schrie sie. »Regine!« Aber sie konnte die Musik nicht übertönen. »Feuer!«

Jetzt merkten es auch die anderen. Die Tanzenden stürzten in alle Richtungen auseinander. Tische und Bänke wurden umgeworfen. Alle schrien und brüllten in Todesangst. Der ganze Saal stand in Flammen . . .!

In diesem Flammenkessel verlor Eva ihre Freundin Regine aus den Augen und vergaß sie in den nächsten Sekunden vollkommen. Entsetzen hatte sie gepackt.

Von der Decke fielen brennende Dekorationsstücke herunter. Schmerzensschreie übertönten die dröhnende Musik, die gespenstischerweise immer noch aus der Stereoanlage drang.

Der Gestank nach verbrannter Dekoration, verbrannten Haaren mischte sich mit den dicken schwarzen Rauchschwaden.

Eva drehte sich blitzschnell um, glitt über einen Tisch und sprang über Bänke und Stühle dem Ausgang zu. Erst dort wurde ihre Flucht von einer Menschentraube, die sich durch den Gang gekämpft hatte, völlig blockiert.

Jetzt setzte die Stereoanlage schlagartig aus. Panische Schreie und das Knistern der Flammen wurden überlaut.

Ein harter Gegenstand traf Eva auf den Hinterkopf. Sie wäre zusammengebrochen, wenn nicht zwei starke Arme sie aufgefangen hätten.

»Laßt mich durch!« schrie eine schrille Mädchenstimme.

»Halt die Klappe, du blöde Gans!« sagte der junge Mann, der Eva noch immer festhielt, mit ungewöhnlicher Ruhe. »Wer will das nicht?«

Eva, halb betäubt von dem Schlag, den sie abbekommen hatte, nahm alles nur noch wie durch eine Nebelwand wahr. Verzweifelt riß sie die Augen auf, um klarer zu sehen. Gerade als sie dachte, jetzt ist alles aus, wurde sie von den Nachdrängenden weitergeschoben. Sie erreichten die weit geöffnete Tür. Mit einem fast explosionsartigen Druck wurden Eva und ihr Begleiter ins Freie geschleudert.

Eva stolperte und wäre zu Boden gefallen, wenn der junge Mann sie nicht immer noch gehalten hätte. Er zog sie mit sich und ließ sie erst einige Meter vor der brennenden ›Remise‹ frei. Für einen Moment sah sie in ein Paar ungewöhnlich tiefblaue Augen.

»Alles in Ordnung?« fragte er.

»Ich glaube . . . ja«, erwiderte sie und mußte husten.

»Dann sieh zu, daß du nach Hause kommst!«

Ehe Eva ihrem Retter noch danken konnte, war er in der Nacht verschwunden. Unwillkürlich wich sie noch weiter zurück. Ihr Herz klopfte wie wild nach der ausgestandenen Angst, und ihr Mund war ausgetrocknet, ihre Stimme heiser.

Die Flammen schlugen schon aus dem Dach des einstöckigen Gebäudes. Im Lichterschein sah man dunkle Gestalten hin und her rasen und sich zu Gruppen ballen.

Eva hatte den Tod so nahe gesehen. Sie brauchte einige Minuten Zeit, um zu begreifen, daß sie noch einmal davongekommen war. Es war wie ein Wunder. Dann erst wurde ihr bewußt, daß sie Regines weiße Lackledertasche immer noch krampfhaft festhielt, und mit dieser Entdekkung kam die Erinnerung an ihre Freundin zurück.

»Regine!« schrie sie. »Gina!«

Sie rannte zum Eingang zurück. Aber da kam niemand mehr heraus. Alles war nur noch ein gierig loderndes Flammenmeer.

Eva lief um die ›Remise‹ herum. Aus dem Notausgang torkelten ein paar rauchgeschwärzte Gestalten. Regine war nicht darunter.

»Gina!« schrie Eva noch mal verzweifelt. Sie war nahe daran, sich den Weg zur Hölle zurückzubahnen.

Dann aber dachte sie vernünftig. Wenn Regine noch drinnen war, konnte sie niemand mehr retten. Aber wahrscheinlich hatte sie sich, wie die meisten anderen, ins Freie gekämpft.

Mit heulenden Martinshörnern fuhren Streifenwagen vor, Feuerwehrautos und Unfallautos folgten. Feuerwehrmänner bildeten eine Kette und drängten die Neugierigen zurück. Sanitäter betteten Bewußtlose und Verwundete auf Tragen. Ärzte vom Rettungsdienst leisteten mit Sauerstoffapparaten Erste Hilfe. Eva sah auch, wie verkohlte Gestalten in Zinksärge gelegt und in Leichenwagen fortgebracht wurden.

Sie flehte einen Polizisten, der ihr den Weg versperrte, an: »Bitte lassen Sie mich durch! Ich muß meine Freundin finden! Ich muß doch wissen ...«

»Wahrscheinlich ist sie längst zu Hause und wartet auf dich!« sagte der Polizist beruhigend.

»Aber wenn sie nun tot ist?«

»Dann kannst du ihr auch nicht mehr helfen.«

Eva gab auf. Ihr war ein anderer Gedanke gekommen: Regines Auto.

Auf dem Parkplatz war es sehr dunkel. Nur noch wenige Autos standen dort.

Eva fand Regines Zweisitzer rasch. Sie hatte so gehofft, daß er nicht mehr dasein würde. Resigniert sank sie neben dem Wagen auf den Boden. Das Vorhandensein des Autos bedeutete, daß Regine bewußtlos, verletzt oder tot war.

Die Autoschlüssel! Vielleicht waren die Schlüssel in Regines Handtasche. Dann konnte sie ja gar nicht fahren.

Sie wühlte im Dunkeln in der Tasche herum. Aber die Schlüssel waren nicht drin. Regine hatte sie wohl in der Hosentasche gehabt. Sie hätte also abfahren können.

Mit einem tiefen Seufzer stand Eva auf. Es hatte keinen Sinn, länger zu warten. Morgen würde sie weiter nach Regine forschen, jetzt mußte sie heim.

Aber dann dachte sie mit Schaudern an den Empfang, der sie dort erwarten würde. Sie war ausgebüxt, sie kam viel zu spät, und ihr Fahrrad war auch hin!

Ach, sie sollten ihr doch den Buckel runterrutschen. Nach dem, was sie heute so erlebt hatte, würde sie die elterliche Schimpfkanonade auch noch überstehen.

3

Der Anhänger der Linie 6 war fast leer. Eva verlangte einen Fahrschein bis Bilk und zahlte aus ihrem Portemonnaie. Die Schaffnerin sah sie sonderbar an, und Eva wurde klar, daß mit ihrem Aussehen etwas nicht in Ordnung war. Sie öffnete Regines Tasche und betrachtete sich in dem kleinen Spiegel. Ihr Gesicht war rußgeschwärzt. Mit einigen Tempo-Tüchern und Eau de Cologne gelang es ihr, den gröbsten Schmutz zu entfernen. Sie warf die Tücher in den Papierkorb und wollte den Spiegel zurückstecken, als ihr einfiel, daß sie jetzt, im Hellen, noch einmal nach dem Autoschlüssel suchen könnte.

Sie fand ihn nicht, statt dessen fiel ihr Regines Paß in die Hände; in der gelben Hülle steckte der Führerschein. Ob Regine beides je noch brauchen würde ...?

Eva blätterte im Paß. Auf dem Foto sah Regine erheblich jünger aus, als Eva sie kannte. Kein Wunder, der Ausweis war am 22. September 1967 ausgestellt worden. Damals war Regine drei Jahre jünger, ihr Gesicht war runder gewesen, und sie hatte die Haare kürzer und mit einem Pony getragen, genau wie Eva heute.

Plötzlich durchzuckte es sie: Das Foto hatte eine unverkennbare Ähnlichkeit mit ihr selber! Hastig las sie die Angaben auf der linken Seite. Beruf: Sekretärin. Geburtsort: Düsseldorf. Geburtsdatum: 28. September 1951. Wohnort: Düsseldorf. Gesichtsform: rund. Farbe der Augen: blau. Größe: 165 cm. Alles stimmte, alles traf auch auf sie zu — bis auf die Größe, und das war auch kein solcher Unterschied wie in Wirklichkeit. Inzwischen war Regine nämlich 172 cm geworden, und Eva war 169 cm groß. Die drei Zentimeter Unterschied zu damals würden bestimmt nicht auffallen.

Plötzlich wurde es Eva bewußt, daß sie sich schon als Besitzerin dieses Ausweises fühlte. Sie erschrak über sich selber. Aber wenn Regine nicht mehr lebte, was konnte ihr dieser Paß noch nützen? Aber für sie, Eva, war er ein Schlüssel zur Freiheit und zur großen Welt.

»Besondere Kennzeichen: keine«, las sie weiter. Auch das stimmte mit ihr überein.

Eva blätterte um und las: »Dieser Ausweis ist gültig bis 22. September 1972.« Das bedeutete, daß sie ihn mehr als zwei Jahre benützen könnte. Wenn sie ihn behielt! Das war die große Frage. Sollte sie wirklich?

Trotz ihrer Aufregung wurde ihr bewußt, daß sie jetzt drei Möglichkeiten hatte: Sie konnte an der Fährstraße aussteigen und die Tasche bei Regines Eltern abliefern – aber damit hätte sie sich endgültig jede Chance verbaut. Außerdem würde es grausam sein, Karlsons zu erzählen, was geschehen war.

Oder sie konnte nach Hause fahren, sich beschimpfen lassen, vorher aber versuchen, die Tasche zu verstecken. Dann brauchte sie nur abzuwarten, was mit Regine geschehen war, bevor sie etwas unternahm . . . Eva unterbrach ihren eigenen Gedankengang – wenn sie jetzt nach Hause führe, wäre es zu spät.

Obwohl sie manchmal sehr daran zweifelte, ob ihre Eltern sie liebten, wußte sie doch genau, daß sie ihr Verschwinden nicht einfach hinnehmen, sondern sie suchen lassen würden.

Jetzt, nur jetzt, hatte sie die Möglichkeit zu verschwinden, ohne je vermißt oder gesucht zu werden. Ihr Bruder Peter wußte, daß sie zur ›Remise‹ gefahren war. Wenn sie nicht mehr auftauchte, würden alle glauben, daß sie in den Flammen umgekommen sei. Vielleicht konnte die Polizei sogar die Überreste ihres Fahrrades identifizieren.

Eva steckte Paß und Führerschein wieder fort. Sie öffnete den Reißverschluß der Futtertasche, und ihre Finger fühlten ein Bündel Geldscheine. Rasch zog sie den Verschluß wieder zu. Sie konnte das Geld hier unmöglich zählen. Immerhin war es beruhigend zu wissen, daß sie sich nicht ganz blank in das große Abenteuer stürzen mußte. Sie selber hatte nicht viel mehr als eine Mark in der Tasche.

Erst am Hauptbahnhof stieg Eva aus und steuerte geradewegs die Damentoilette an. Hier konnte sie endlich das Geld zählen. Es waren 350 Mark in Scheinen, abgesehen von den Geldstücken im Portemonnaie. Anscheinend hatte Regine den Betrag schon für die bevorstehende Urlaubsreise von ihrer Bank abgehoben.

Eva entfernte mit Wasser und Seife die letzten Spuren des Rauchs und merkte erst, als sie sich kämmte, daß sie am Hinterkopf eine schmerzende Beule hatte. Dann zog sie sich mit Regines Stift die Lippen nach.

Die Rußflecken an ihrem hellen Regenmantel ließen sich nicht mit Wasser oder durch Reiben entfernen, sie wurden eher noch schlimmer. Sie legte sich den Mantel mit der Innenseite nach außen über den Arm. Es war ein komisches Gefühl, mitten in der Nacht mit einem ärmellosen Pullover herumzulaufen, aber zum Glück war es ja warm.

Danach schlenderte sie in die Eingangshalle des Bahnhofs und überlegte, was sie jetzt anfangen sollte. Sie hatte Geld genug, um in ein Hotel zu gehen, doch das schien ihr zu riskant. Ohne Koffer, ohne Nachthemd und ohne Zahnbürste mußte sie auffallen. Außerdem traute sie sich's nicht zu, ohne jede Übung Regines Namenszug auf der Anmeldung nachzumachen.

Es war Mitternacht vorbei. Das Restaurant war schon geschlossen. Sie zog sich an einem Automaten eine Flasche Limonade. Dann ging sie die Treppe hinunter in den Wartesaal.

Hier saßen Leute mit Koffern, Paketen, Taschen und Kinderwagen. Alle wirkten übermüdet. Eva fand einen freien Tisch. Aber sie sollte nicht lange allein bleiben.

Ein Junge mit gelocktem, schulterlangem Haar kam zu ihr und fragte vertraulich: »Hast 'ne Zigarette für mich?«

»Tut mir leid, nein.«

»So'n Pech«, sagte der Junge mit sympathischem Gesichtsausdruck.

Er trug ausgefranste Jeans, eine alte Militärjacke und Sandalen. Eva spürte, daß er ein Abenteurer war wie sie selber. Sie öffnete Regines Portemonnaie und gab ihm eine Mark.

Der Junge bedankte sich, zog eine Schachtel Zigaretten und kam zurück. »Willste?« fragte er und hielt ihr großzügig das geöffnete Päckchen hin.

Eva schüttelte den Kopf.

Er steckte sich eine an und setzte sich zu ihr. »Willste auch ins Loch?« fragte er. »Oder hast 'ne Fahrkarte?«

Eva verstand nicht. »Wieso?« fragte sie verdutzt.

»Du bist wohl janz neu hier, was?« fragte er lachend.

»Ja«, gab Eva zu.

»Dann paß auf: Also, hier jibt es mindestens alle Stunde 'ne Razzia. Hast 'ne Fahrkarte, kannste bleiben, haste keine, nehmen sie dich mit.«

»Ich habe einen Paß«, sagte Eva schlagartig.

»Nutzt dir nix. Pennen darfste hier trotzdem nicht.«

»Dann besorge ich mir eben eine Fahrkarte.«

»Nutzt dir och nichts. Die janze Nacht jehen hier Züge. Spätestens bei der zweiten Razzia schnappen se dich trotzdem. ›Was denn‹, sagen sie, ›Sie wollten doch nach Essen! Warum sind Sie da nicht vor zehn Minuten mit dem Eilzug gefahren?‹ Und schon sitzt du in der Tinte.«

»Gibt es denn keine Möglichkeit . . .?«

»Nein, hier nicht. Zum Pennen ist das keen Ort.«

Eva erhob sich widerstrebend. »Danke«, sagte sie, »nett von dir, daß du mir Bescheid gesagt hast. Aber was machst du hier?«

Er schielte auf seine Füße. »Hab' mir die Quanten durchgelatscht. Muß ein Päuschen einlegen, bis ich wieder lostrampen kann.«

4

Eva eilte die Königsallee in Richtung Schadowplatz hinunter, vorbei an strahlendhell erleuchteten Schaufenstern und sorglos promenierenden Menschen. Trotz der späten Stunde herrschte hier noch ein reges Treiben. Eva fühlte sich wie eine Ausgestoßene. Sie war hundemüde und hätte beinahe vor Selbstmitleid geweint. Aber sie erinnerte sich daran, daß sie dieses Schicksal freiwillig gewählt hatte. Noch konnte sie jederzeit nach Hause. Aber wollte sie das? Nein. Also durfte sie sich auch nicht beklagen.

Trotzdem war sie froh, als sie den Hofgarten erreicht hatte. Sobald sich eine Möglichkeit ergab, wich sie von dem breiten, erleuchteten Hauptweg ab und suchte sich eine leere Bank. Endlich fand sie, was sie suchte. Eine Bank, halb unter einem Fliederbusch versteckt. Sie faltete ihren Regenmantel zusammen, legte ihn unter ihren Kopf und streckte sich aus.

Sie lag furchtbar unbequem, trotzdem schloß sie die Augen und versuchte einzuschlafen. Aber all die Aufregungen des vergangenen Tages wirbelten noch durch ihren Kopf.

Noch wußte sie nicht, wie es weitergehen sollte. Sie wünschte sich von ganzem Herzen, daß Regine noch lebte. Wenn es so war, würde sie ihr selbstverständlich die Handtasche samt Inhalt zurückgeben. Wenn aber nicht — wenn sie verunglückt war . . .? Wem schadete sie damit, wenn sie die Sachen behielt? Regine würde es ihr bestimmt gegönnt haben, wenn sie darüber hätte entscheiden können. Sie hatte ja gewußt, wie unglücklich Eva zu Hause war.

Eva war fast eingeschlafen, da hörte sie halblaute Stimmen: »Ihre Papiere, bitte!«

Eva richtete sich kerzengerade auf. Eine Bank weiter blitzte eine Taschenlampe auf. Kriminalbeamte waren unterwegs! Unwillkürlich holte sie Regines Paß heraus. Aber wie sollte sie ihnen erklären, warum sie nicht zu Hause, sondern im Hofgarten schlief?

Kurz entschlossen erhob sie sich und rannte, so leise sie konnte, los. Sie drehte sich nach den Polizisten um und rannte geradewegs in jemanden hinein.

»Hoppla«, sagte eine männliche Stimme, »warum so eilig?«

»Bitte«, flehte Eva und hängte sich bei dem Fremden ein, »bitte, tun Sie so, als wäre ich Ihre Freundin!«

»Was ist los . . .?«

»Ich heiße Hannes Hausmann«, sagte der Fremde.

Mühsam paßte sich Eva seinen großen Schritten an.

Die Polizisten hatten inzwischen ein Gammlerpaar aufgescheucht. Aus den Gesprächsfetzen ging hervor, daß die beiden keinen festen Wohnsitz nachweisen konnten.

Sie meuterten zwar heftig, leisteten aber keinen Widerstand, als sie von den beiden Beamten in die Mitte genommen wurden.

Unwillkürlich versuchte Eva, ihren fremden Bekannten etwas seitlich an den Beamten vorbeizuziehen.

Vielleicht war es gerade das, was die Aufmerksamkeit der beiden Polizisten erweckte. »Moment mal!« sagte der eine und beschrieb mit seiner eingeschalteten Stablampe einen Kreis.

Eva und Hannes blieben sofort stehen.

»Ihre Ausweise, bitte!«

Eva schlug das Herz bis zum Hals. Mit zitternden Fingern kramte sie den Paß aus Regines weißer Lackledertasche und reichte ihn dem Polizisten.

Der schlug den Paß auf, blätterte darin und verglich die Angaben mit irgendeiner Liste.

Eva zuckte zusammen und schloß die Augen, als der helle Schein der Stablampe sie direkt ins Gesicht traf. Sie überlegte, was sie über Regine wissen mußte: geboren am 28. September 1951.

Aber niemand fragte danach.

»In Ordnung«, sagte der Polizist und reichte Eva den Paß zurück.

Ihr Herz machte einen gewaltigen Sprung: Es hatte geklappt. Niemand hatte gemerkt, daß sie nicht Regine Karlson war. Sie konnte den kostbaren Paß, der sie drei Jahre älter machte, ungefährdet benutzen. Die ganze Welt stand ihr offen.

Der Polizist hatte inzwischen auch den Personalausweis ihres Begleiters geprüft.

»Seit wann ist es verboten, im Hofgarten spazierenzugehen?« fragte Hannes Hausmann, als er den Ausweis wieder zurückbekam und einsteckte.

»Überhaupt nicht«, gab der Polizist ungerührt zurück, »aber Sie sollten nachts wenigstens die beleuchteten Hauptwege benutzen. In Ihrem ureigensten Interesse. Es treibt sich, gerade im Sommer, hier allerhand Gesindel herum.«

»Kommt darauf an, was Sie unter Gesindel verstehen«, sagte Hannes Hausmann herausfordernd.

Eva kniff ihn in den Arm. »Kommen Sie, Hannes, seien Sie friedlich!« Sie lächelte den Polizisten an. »Können wir jetzt gehen? Ich bin ziemlich müde.«

»Ja, bitte. Gute Nacht.«

»Gute Nacht . . .« Eva zog Hannes Hausmann rasch fort. »Na, das habe ich gerne«, sagte sie, sobald sie außer Hörweite waren, »kaum ist die Gefahr vorbei, da müssen Sie keß werden. Was haben Sie sich eigentlich davon versprochen?«

»Ich bin nun mal allergisch gegen Polizisten . . .«

Sie hatten jetzt die Inselstraße erreicht, und Hausmann blieb unter einer Laterne stehen. »Überhaupt . . . von was für einer Gefahr reden Sie eigentlich?«

Sie hielt seinem prüfenden Blick stand und nahm selber die Gelegenheit wahr, ihn sich einmal im Licht genauer anzusehen. Er war noch sehr jung, nicht älter als zwanzig Jahre, hatte scharfe graue Augen, ein frisches Gesicht und schulterlanges blondes Haar.

»Ich bin eben auch allergisch gegen Polizisten«, behauptete Eva schlagfertig, »deshalb sehe ich zu, daß sie mich ungeschoren lassen.«

»Und deshalb haben Sie sich auch an mich rangeschmissen?«

Eva wurde wütend. »Rangeschmissen! Ich hatte Bedürfnis nach männlichem Schutz, entschuldigen Sie schon!

Haben Sie vielen Dank für alles und . . . good bye!« Sie drehte sich um und wollte fort.

»He . . .« Mit zwei Schritten war er hinter ihr her und hielt sie fest. »Was ist denn los mit Ihnen? Ich habe Ihnen doch nichts getan!«

»Sie waren unverschämt!«

Er lachte und wirkte auf einmal ungemein sympathisch. »Da dürfen Sie sich nicht daran stoßen, das ist mein Kardinalfehler. Aber was ist mit Ihnen . . .? Irgendwie sitzen Sie doch in der Patsche!«

Sie zögerte. Dann hatte sie das Gefühl, daß er sie nicht verraten würde. »Ich habe keine Unterkunft«, platzte sie heraus.

»Das ist alles?« Er sah sie interessiert an.

»Ja. Ich wollte im Hofgarten übernachten . . .«

»Und haben sich da gleich ein Feuerchen gemacht?«

Sie schrak zurück. »Wieso?«

Er schnupperte. »Sie riechen so nach Rauch!«

»Ach wirklich?« fragte sie zurück und stellte sich dumm. »Das ist mir noch gar nicht aufgefallen. Weiß auch nicht, woher das kommt. Ich bemerkte die Polizisten und dann . . . das Weitere wissen Sie ja selber.«

Er schüttelte den Kopf. »Sie sind eine komische Nummer! Und was wollen Sie jetzt tun?«

Sie hob die Schulter. »Weiß noch nicht.«

»Haben Sie denn gar keinen Bekannten in Düsseldorf?«

»Doch. Das ist eben der Jammer.« Blitzschnell dachte sich Eva eine Erklärung aus. »Ich wollte eine Freundin hier besuchen. In Oberkassel. Sie wohnt allein. Ich habe da schon öfter übernachtet. Aber heute hat niemand aufgemacht. Eine Nachbarin sagte, sie wäre verreist. Sonst kenne ich niemanden.«

»Wissen Sie was . . . Wie war gleich Ihr Name?«

»Regine Karlson.«

»Ach ja, Fräulein Karlson. Kommen Sie doch einfach mit zu mir. Mein Atelier ist zwar nicht gerade ein Luxussalon, aber irgendwie wird es schon gehen. Immerhin haben Sie es dort bequemer als auf den Rheinwiesen.«

Eva überlegte. Zwar behagte ihr der Gedanke, bei einem völlig fremden Mann zu übernachten, ganz und gar nicht. Aber andererseits wußte sie auch nicht, wie und wo sie die Stunden bis zum Morgen sonst herumbringen sollte. Außerdem war sie todmüde und fror.

»Einverstanden«, erklärte sie so unbefangen wie möglich, »das ist sehr nett von Ihnen.«

Hannes kam, wie Eva bald erfuhr, aus Norddeutschland und studierte an der Düsseldorfer Kunstakademie Malerei. Er hatte ein Atelier im obersten Stock eines modernen Mietshauses in der Freiligrathstraße. Es bestand aus einem einzigen großen Raum, in dem es durchdringend nach Ölfarben und Terpentin roch. An den Wänden lehnten Bilder. Es gab eine Staffelei, ein Matratzenlager, einen Stuhl und einen selbstgezimmerten Tisch. Durch das riesige Atelierfenster sah man den besternten Himmel. Die beiden Nebenräume, ein Bad und eine Kochnische, waren winzig.

Eva benutzte das Bad. Dann zog sie einen cognacfarbenen Bademantel von Hannes an. Die Ärmel stülpte sie so lange um, bis die Hände bequem herausschauen konnten. In der Hoffnung, daß Hannes inzwischen schon schlief, öffnete sie leise die Tür und ging auf Zehenspitzen ins Zimmer.

Aber sie irrte sich. Er lag, die Hände hinter dem Kopf verschränkt, auf dem breiten Matratzenlager. Neben ihm brannte eine große rote Vasenlampe. Auf dem Boden stand ein Glas mit einem hellen Getränk.

»Na endlich«, sagte er, »nun komm schon.«

Vor Verlegenheit wurde ihr fast schwarz vor den Augen. Aber sie brachte doch noch ein »Wo soll ich schlafen?« heraus.

»Wo schon? Bei mir natürlich«, gab er schnoddrig zurück.

»Kommt nicht in Frage.«

Er richtete sich lässig auf und nahm das Glas in die Hand. Sein Oberkörper war nackt. »Das hätte ich wissen sollen!«

»Ich auch!« Mit gespielter Sicherheit warf Eva den Kopf in den Nacken. »Sie haben mir ein Nachtquartier versprochen. Von Beischlaf war nicht die Rede.«

Er lachte. »Aber so was ist doch selbstverständlich.«

»Für mich nicht!«

»Du lieber Himmel, ich wußte gar nicht, daß es so was Altmodisches noch gibt! Die einzige eiserne Jungfrau in unserem Breitengrad ... und ausgerechnet an die muß ich geraten.«

Eva ließ sich nicht beirren. »Ich bin weder eisern noch altmodisch. Aber ich mag das nur, wenn ich Lust dazu habe und nicht gezwungenermaßen ... Falls Ihnen das nicht paßt, verschwinde ich eben wieder.«

Sie starrten sich quer durch den Raum wütend in die Augen. Dann gab Hannes mit einem Lachen nach. »Na schön. Wer nicht will, hat schon gehabt. Schließlich herrscht bei mir kein sexueller Notstand. Wenn Sie darauf bestehen, schlafe ich eben allein.« Er warf die Decke von sich und sprang auf.

Eva sah, daß er eine buntgeblümte Pyjamahose trug.

Er machte sich daran, sein Lager zu teilen. Als Eva

merkte, daß er sich ehrlich um eine zweite Liegemöglichkeit bemühte, half sie ihm dabei. Dann kramte er aus einer Truhe eine zweite Decke.

Vorsichtig wartete sie, bis er sich auf seinem Platz langlegte, bevor sie selber, ohne den Bademantel abzulegen, unter die Decke schlüpfte. Er knipste das Licht aus. Aus halb geschlossenen Augen sah sie zu ihm hinüber. Der Mond warf eine breite Lichtbahn in das Atelier. Das lange helle Haar des jungen Mannes schimmerte wie ein Heiligenschein.

Was für ein Glück, daß sie ihn gefunden hatte! Genausogut hätte sie auch an eine ganz üble Type geraten können.

»Danke, Hannes«, sagte sie. Aber er antwortete nicht. Sie lauschte noch eine Weile, bis ihr seine gleichmäßigen Atemzüge verrieten, daß er schon eingeschlafen war.

Am nächsten Morgen erwachte Eva von Musik. Bevor sie die Augen aufschlug, mußte sie sich erst besinnen, wo sie war.

Hannes Hausmann plätscherte im Bad. Er hatte sein Transistorradio eingestellt.

Gerade, als sie aufstehen wollte, kam er. Rasiert und frisch gewaschen, von einem Badetuch umgeben, trat er vor sie hin. »Morgen, Gina«, sagte er fröhlich. »Gut geschlafen?«

»Einmalig gut.«

»Das freut mich. Wenn Sie ins Bad wollen . . . ich mache uns inzwischen Frühstück . . .«

»Soll ich das nicht lieber?«

»Nee, danke. Sonst werfen Sie mir nachher noch vor, ich hätte Sie Ihr Nachtquartier abarbeiten lassen. Aber wenn Sie mir den Bademantel geben würden, könnte ich mich etwas besser bewegen.«

Eva sah sich an. »Oh, Entschuldigung, damit habe ich ja geschlafen . . .« Unwillkürlich sprang sie auf und löste den Gürtel.

Dann zog sie den Mantel ganz aus und warf ihn über einen Stuhl in der Nähe der Badezimmertür. Fast im selben Augenblick war sie, nur noch mit einem Slip bekleidet, im Bad verschwunden.

Als sie vor dem Spiegel stand, nahm sie eine Haarsträhne zwischen die Finger und schnupperte daran. Wahrhaftig, Hannes Hausmann hatte recht gehabt — es roch nach Rauch. Bei nächster Gelegenheit mußte sie es unbedingt waschen. Sie machte kleine Katzenwäsche, zog Hose und Pulli an.

Als sie ins Atelier zurückkam, war Hannes Hausmann mit dem Frühstück noch nicht fertig. Sie brachte die Matratzen wieder in Ordnung.

Sie redeten dabei über alles mögliche, neckten sich und lachten miteinander.

Als sie frühstückten, kamen Radionachrichten, und plötzlich hörte Eva: ». . . Das Feuer forderte zwölf Todesopfer, von denen inzwischen elf identifiziert werden konnten. Siebzehn junge Menschen mußten mit schweren Brandverletzungen in die umliegenden Kliniken gebracht werden. Mehrere von ihnen schweben noch in Lebensgefahr. Die Beerdigung ist für Freitag zehn Uhr auf dem Südfriedhof angesetzt worden. Man erwartet eine große Anteilnahme der Bevölkerung. Das ist die schwerste . . .«

»Wieso interessieren Sie sich so sehr dafür?« fragte Hannes.

Eva hatte betroffen gelauscht. Es dauerte eine Weile, bis sie in die Wirklichkeit zurückfand.

»Wieso, Sie nicht?« meinte sie abwesend. »Ist doch ein entsetzliches Unglück.«

Hannes Hausmann blieb unbeeindruckt. »Täglich und überall sterben junge Menschen eines gewaltsamen Todes, sei es in Vietnam oder sonstwo. Ich seh' nicht ein, warum es schrecklicher sein soll, wenn es zwölf beim Tanzen erwischt hat.«

»Aber so ganz in unserer Nähe!«

Er grinste. »Sentimental sind Sie auch noch.«

»Sie werden mich bald genug los sein«, sagte sie beleidigt.

Er zuckte die Schultern. »Von mir aus können Sie bleiben, so lange Sie wollen. Nur auf mich müssen Sie jetzt verzichten. Ich geh' in die Akademie und komme erst gegen Abend wieder. Wenn Sie das Atelier verlassen, dann schieben Sie den Schlüssel unter die Matte. Zu klauen gibt es bei mir nichts.«

5

Als Hannes Hausmann gegangen war, spülte Eva zuerst einmal das Frühstücksgeschirr, machte Küche und Bad sauber. Ihr Gastgeber sollte schon noch merken, daß er keiner Schlampe Unterkunft gewährt hatte.

Anschließend ging sie in die nächste Drogerie und kaufte ein Haarwaschmittel, das zugleich kastanienrot tönte. Regine hatte kastanienrotes Haar. Aber Eva wußte, daß die Haartönung noch nicht genügen würde, um ihr

Äußeres völlig dem ihrer Freundin anzupassen. Und das mußte geschehen, wenn sie morgen auf der Beerdigung unerkannt bleiben wollte.

Schon als sie vorhin die Nachricht von dem Brandunglück aus dem Radio gehört hatte, war sie entschlossen gewesen, morgen zum Südfriedhof zu fahren. Nur auf diese Weise konnte sie feststellen, ob Regine unter den Toten war und ob man sie selber für verbrannt hielt. Das waren die Voraussetzungen dafür, daß sie mit Regines Paß weiterleben konnte.

Als sie wieder im Atelier war, kam sie auf die Idee, sich eine Frisur im Afro-Look zu machen. Sie flocht ihr nasses Haar zu unzähligen winzigen Zöpfen. Mehr als eine Stunde brauchte sie dafür. Dann band sie sich eines von Hannes Hausmanns bunten Halstüchern um den Kopf, bevor sie die Wohnung noch mal verließ.

Auf dem Weg zur Drogerie hatte sie eine Schnellreinigung bemerkt. Dorthin brachte sie ihren Regenmantel mit den schwarzen Rauchflecken, und man versprach ihr, daß sie ihn schon am Abend sauber und neu imprägniert abholen könnte.

Eva lief weiter bis zur Schadowstraße, um die notwendigsten Einkäufe zu erledigen: Höschen, ein Paar Riemchenschuhe, eine Felltasche zum Umhängen und ein dunkelblaues Kleid im Zigeuner-Look, alles von Regines Geld.

Wenn die Freundin noch lebte, das nahm sie sich fest vor, würde sie ihr nicht nur den Paß, sondern auch das Geld zurückgeben, egal wie. Aber jetzt brauchte sie einfach ein paar Kleidungsstücke, um nicht erkannt zu werden.

Sie durchquerte den Hofgarten in der entgegengesetzten Richtung wie in der Nacht zuvor und erstand in der

Altstadt bei einem Trödler einen billigen alten Koffer, in den sie ihre Einkäufe verpackte. Zu Mittag aß sie Linsensuppe mit Mettwurst und zählte Regines Geld. Obwohl sie jede Mark dreimal umgedreht hatte, bevor sie sie ausgab, waren die 350 Mark erschreckend zusammengeschmolzen. Ganze 180 waren es noch.

Ursprünglich hatte sie vorgehabt, sich für die zweite Nacht ein Zimmer in einer Pension oder einem Hotel zu suchen. Aber jetzt schien es ihr vernünftiger, noch eine Nacht bei Hannes Hausmann zu bleiben. Sie mußte mit dem verbliebenen Geld so sparsam wie nur möglich umgehen.

Eva hatte sich schon eine schnippische Antwort zurechtgelegt, falls Hannes Hausmann eine dumme Bemerkung machen würde, weil sie immer noch bei ihm im Atelier war.

Aber er reagierte ganz anders, als sie erwartet hatte. »Na, wunderbar!« rief er. »Und ich hatte schon befürchtet, Sie hätten mich sang- und klanglos verlassen, Gina.« Er legte die große Tragtasche, die er mitgebracht hatte, auf den Tisch.

»Heute früh hatte ich den Eindruck, Sie wollten mich sobald wie möglich loshaben«, sagte Eva.

»Da müssen Sie mich vollkommen mißverstanden haben!« Er nahm sie in die Arme und küßte sie einfach.

Sie war so vollkommen überrumpelt, daß sie es sich widerspruchslos gefallen ließ, ja, seinen Kuß sogar erwiderte.

»Na also«, sagte er zufrieden, »doch nicht so altmodisch.«

Eva löste sich von ihm. »Bis zu einem gewissen Punkt.«

»Ach du lieber Himmel! Fängst du schon wieder damit an!«

»Es ist noch früh am Tag«, sagte sie und duzte ihn auch: »Wenn du mir nicht versprichst, mich in Ruhe zu lassen, kann ich noch gehen. Meinen Koffer habe ich inzwischen übrigens auch vom Bahnhof geholt . . . nicht um mich bei dir häuslich niederzulassen, sondern um in ein Hotel gehen zu können.«

»Ausgezeichnet. Und warum trägst du diesen Turban?« Er zupfte an dem bunten Tuch. Als es sich löste und er ihre Zöpfchenfrisur entdeckte, brach er in ein schallendes Gelächter aus. »Was soll denn das?«

»Ach, eine blöde Laune von mir.«

Er nahm sie wieder in die Arme und sagte lächelnd: »Ich mag Mädchen mit blöden Launen.« Als er sie auf den Hals küßte, durchschauerte es sie.

»Nun, wie ist es mit uns beiden«, flüsterte er. »Willst du immer noch eiserne Jungfrau spielen?«

»Ich kann nicht anders«, sagte sie stöhnend und versuchte sich von ihm zu lösen.

»Unsinn. Natürlich kannst du. Du mußt nur wollen.«

»Ich bin nicht frei, Hannes, noch nicht. Bitte verlang' nicht, daß ich es dir erkläre. Hab' Geduld mit mir. Nur bis morgen, bitte.«

Sie merkte, daß er sehr ärgerlich und enttäuscht war. Aber er verzichtete darauf, sie überreden zu wollen. Wieder schliefen sie getrennt. Eva war das Herz schwer. Was würde der nächste Tag bringen?

6

Der Afro-Look fiel ganz so aus, wie Eva ihn sich erträumt hatte. Nachdem sie ihr Haar, das tatsächlich einen warmen rötlichen Schimmer bekommen hatte, gründlich toupierte—jedes einzelne der winzigen Zöpfchen—, stand es wie eine große krause Wolke um ihr Gesicht.

Niemand, davon war sie überzeugt, konnte sie nun in dieser Aufmachung erkennen. Sie zog die neuen Schuhe an und ihr neues Kleid — nein, sie hatte wirklich keine Ähnlichkeit mehr mit der früheren Eva Krüger.

Dann fuhr Eva mit der Straßenbahn zum Südfriedhof hinaus. Sie wußte, an diesem Morgen würde sich ihr Schicksal endgültig entscheiden . . .

Hunderte von Menschen in Trauerkleidung strömten durch das Portal des Düsseldorfer Südfriedhofs. Alle Augenblicke fuhren Autos vor, und Polizisten hielten den Insassen einen Durchgang frei. Reporter hoben ihre Fotoapparate hoch und knipsten. Mehrere Fernsehkameras surrten.

Eva sah einen schwarzen Mercedes 600 mit einer Standarte. Ein Chauffeur öffnete die Türe, und zwei Herren in schwarzen Anzügen und Hüten stiegen aus. Sie konnte nicht erkennen, wer es war, aber zweifellos handelte es sich um »hohe Tiere«, vielleicht Minister von Nordrhein-Westfalen oder gar von der Bundesregierung.

Es war ein merkwürdiges Gefühl, so geehrt zu werden — und sie war die einzige, die etwas davon hatte. Die anderen waren ja tot.

Von der Menge geschoben, erreichte Eva das Friedhofsgelände. Sie wollte zum Eingang der Kapelle, aber als sie ihr Ziel fast erreicht hatte, beobachtete sie, daß nur Leute eingelassen wurden, die irgendwelche Karten vorzeigen konnten. Geladene Trauergäste, nahm Eva an, und zu denen gehörte sie nun wirklich nicht. So war sie gezwungen, wieder zurückzugehen.

Jetzt bemühte sie sich, einen Platz unter den Wartenden zu ergattern, die vom Friedhofsportal zur Kapelle Spalier bildeten. Aber die standen in Sechserreihen. Eva versuchte ein paarmal, sich nach vorne durchzuwinden, aber es gelang ihr nicht.

Ein dicker, glatzköpfiger Kerl wurde sogar böse. »Unverschämtheit!« schimpfte er. »Was fällt Ihnen ein!?« Und er musterte sie mit einem empörten Blick.

»Bitte«, flehte Eva, »lassen Sie mich doch durch . . . ich mache mich auch ganz klein!«

»Da könnte jeder kommen!«

»Es ist wichtig für mich!«

»Wichtig! Auch das noch! Wissen Sie, wie lange wir hier stehen?«

»Überhaupt, so was wie Sie jehört nich auf einen Friedhof«, zeterte eine Frau, »jehen Sie erst mal nach Hause, waschen Sie sich dat Jesicht und machen Sie sich 'ne anständige Frisur!«

»Wirklich wahr«, sagte ein anderer Mann, »ich an Ihrer Stelle würde mich schämen!«

Eva begriff, daß die Stimmung aller Umstehenden gegen sie gerichtet war, und zog sich schleunigst zurück. Sie hatte schon zu viel gewagt. Auf keinen Fall durfte sie Aufsehen erregen.

Sie war nahe daran, in die Stadt zurückzufahren. Aber dann wäre sie genauso schlau wie vorher gewesen. Sie mußte herausbekommen, ob Regine wirklich tot war, sie mußte es. Wenn sie noch lebte, konnte sie doch nicht einfach mit ihrem Paß und ihrem Geld verschwinden.

Es blieb ihr nichts anderes übrig, als sich zu gedulden, bis der Gottesdienst vorüber war.

Auf dem Friedhof verliefen sich die Leute. Noch war ja auch nichts Besonderes zu sehen, bis auf die zehn Reihengräber, die nebeneinander ausgehoben waren, schmale dunkle Löcher, bei deren Anblick es Eva schauderte. Mit etwas weniger Glück hätte es ihr passieren können, daß auch sie — oder das, was von ihr übriggeblieben wäre — heute hier begraben würde.

Mit einem Gefühl tiefer Dankbarkeit erinnerte sie sich an den blauäugigen jungen Mann, der sie aus dem Flammenmeer befreit hatte.

Neben den Gräbern waren Holzgestelle aufgebaut, an denen prächtige Kränze hingen. Eva versuchte, die Inschriften auf den Bändern zu entziffern, aber die meisten waren ganz allgemein gehalten, »Den Opfern der Brandkatastrophe« und so ähnlich, und von den wenigen Namen kannte sie keinen. Regines war jedenfalls nicht darunter. Sie mußte weiterhin abwarten.

Aber bei den Gräbern konnte sie nicht bleiben. Wenn der Trauerzug kam, würde sie verschwinden müssen.

Eva sah sich um und entdeckte kaum zwanzig Meter entfernt einen kleinen Hügel, auf dem ein Gebäude stand, das wie ein kleiner griechischer Tempel wirkte. Sie kletterte hinauf und stellte fest, daß es sich um ein Mausoleum handelte.

Halb verdeckt hinter einer der Säulen konnte sie alles gut beobachten, ohne selber gesehen zu werden, auch dann noch, als mehr Leute auf den Gedanken kamen, den Hügel als Aussichtspunkt zu benutzen.

Sie hörte aus den Gesprächen, die sich um das Unglück drehten, daß alle Opfer inzwischen identifiziert seien.

Die Warterei dauerte endlos, und einige der Neugierigen verloren die Geduld und zogen in Richtung Ausgang ab. Es wurde allmählich heiß, und Eva war froh, daß das kleine Gebäude ein wenig Schatten spendete.

Dann endlich wehten die Klänge eines Trauermarsches herüber und wurden immer lauter und lauter. Der Gottesdienst war beendet. Als Eva sich auf die Zehenspitzen stellte, sah sie, wie der Zug sich näherte.

Voran ging, in schwarzem Anzug und weißem Beffchen, eine Bibel in der Hand, ein evangelischer Pastor, neben ihm ein katholischer Pfarrer und hinter den beiden sechs Meßdiener. Die zehn schmalen Särge wurden ihnen auf kleinen Wagen nachgerollt.

Aber es dauerte noch eine ganze Weile, bis Eva die Gesichter der Trauernden erkennen konnte – eine schlanke Frau mit schwarzem Schleier und neben ihr, kerzengerade mit kurz gestutztem rotgrauen Schnurrbart, Herr Karlson – Regines Eltern.

Evas Herz setzte einen Schlag lang aus – jetzt endlich hatte sie Gewißheit. Aber sie hätte nicht erklären können, was sie in diesem Augenblick empfand – Schmerz und Trauer über den Tod der Freundin oder Freude über die gewonnene Freiheit. Beide Gefühle stürzten gleichzeitig auf sie ein und verwirrten sie so, daß es ihr schwindelig wurde.

Sie atmete tief durch und klammerte sich, um Halt zu finden, an eine der Säulen. Jetzt hatte sie genug gesehen. Sobald sie sich etwas besser fühlte, konnte sie sich verziehen.

Dann entdeckte sie plötzlich ihre eigenen Eltern und – schrie auf. Sie schlug sich gleich darauf mit der Hand auf den Mund. Es war ein Glück, daß die Musikkapelle jetzt so laut spielte, daß nur die Umstehenden ihren Schrei gehört hatten. Sie drehten sich zu ihr um, und Eva zwang sich ruhig zu bleiben.

Der Trauerzug hatte jetzt die Gräber erreicht. Eva sah nur noch ihre Familie, die Mutter mit grauem Gesicht und von Tränen geröteten Augen, starr und bleich der Stiefvater, zwischen ihnen Peter, ihr Stiefbruder, sehr feierlich in einem schwarzen Anzug und langen Hosen; die kleine Schwester hatte man offensichtlich zu Hause gelassen.

Eva war nahe daran, zu ihrer Familie hinzustürzen und sich zu erkennen zu geben.

Aber gerade da verstummte die Musik, und ein Mädchenchor begann zu singen. Eva erkannte ihre Mitschülerinnen von der Handelsschule, und im gleichen Augenblick begriff sie, daß eine Umkehr jetzt nicht mehr möglich war.

Und was wäre damit schon gewonnen? Gewiß, im ersten Augenblick würden ihre Eltern glücklich sein und sie unter Tränen und Küssen in die Arme schließen. Aber nur im ersten Moment, dessen war sie sicher. Dann würde das Geschimpfe losgehen: Wie konntest du nur? Was hast du dir denn dabei gedacht? Niemand außer dir hätte so etwas fertiggebracht!

Und selbst im besten Fall, wenn keine Strafen folgten, würde sie wieder so wenig zu sagen haben wie früher; sie würde alles tun müssen, was ihren Eltern gerade einfiel, gehorchen ohne gefragt zu werden, ob es ihr paßte oder nicht. Aber was noch schlimmer war: Ihr Stiefvater würde sie wieder betätscheln oder noch mehr von ihr wollen. Und wenn sie es nicht zuließ, würde er sich wieder herzlos an ihr rächen.

Nein!

Wenn Eva vorher daran gedacht hätte, welchen Schmerz sie ihrer Mutter mit ihrem Verschwinden zufügen würde, sie hätte es vielleicht nicht getan. Aber jetzt war es geschehen. Die Mutter hatte das Schlimmste hinter sich, und sie würde sich, so glaubte Eva, von Tag zu Tag besser damit abfinden, vielleicht am Ende sogar froh darüber sein, denn sie war ja doch nur immer der Störenfried in der Familie gewesen.

Noch einmal, ein letztes Mal, blickte sie zu ihrer Familie hinüber und begegnete über die Köpfe der anderen hinweg dem Blick ihres Bruders. Nur den Bruchteil einer Sekunde sahen sie sich in die Augen, und trotzdem hatte sie das Gefühl, daß er sie erkannte.

Noch bevor Peter den Vater am Ärmel zupfte, ergriff sie die Flucht.

Eva fühlte sich verfolgt. Am liebsten wäre sie gerannt. Sie mußte sich geradezu zwingen, in einem schnellen, aber normalen Schritt zum Ausgang zu gehen. Trotzdem fühlte sie neugierige Blicke auf sich gerichtet.

Sie atmete erst wieder auf, als sie in der Straßenbahn saß, die ziemlich leer in Richtung Innenstadt zurückfuhr. Aber ihre Erleichterung war nur von kurzer Dauer. Bildete sie es sich nur ein oder beobachtete der Herr im grauen Regenmantel sie tatsächlich?

Als sie am Graf-Adolf-Platz umstieg, merkte sie, daß er ihr folgte. Sie versuchte sich einzureden, daß ihre Angst ein reines Hirngespinst war. Wenn dieser Herr wirklich von der Kriminalpolizei wäre, wie sie annahm, und sie verdächtigte, so würde er sie doch einfach stellen und nach ihrem Namen fragen, anstatt sie zu verfolgen.

Aber ihre Nerven waren angeknackst. Auf der Heinrich-Heine-Allee sprang sie ab, als die Straßenbahn sich nach einer Haltestelle schon wieder in Bewegung gesetzt hatte, und erst, als sie in der Ferne kleiner wurde, ohne daß irgend jemand sich um sie kümmerte, fühlte sie sich wieder sicherer.

Aber alles, was sie an diesem Vormittag erlebt hatte, verstörte sie. Obwohl es heiß war, fror sie so, daß ihre Zähne klapperten. Sie fühlte sich schrecklich verlassen. Immer wieder sagte sie sich, daß sie ihre Familie ja freiwillig aufgegeben hatte. Aber das nutzte nichts. Es half ihr nicht über die Tatsache hinweg, daß sie auf einen Schlag ihre Angehörigen und auch all ihre Freundinnen und Freunde verloren hatte. Alle mußten sie ja für tot halten. Bestimmt war auch Peter jetzt schon nicht mehr sicher, ob er sie wirklich gesehen hatte. Niemand interessierte sich mehr für sie.

Außer Hannes Hausmann. Ja, Hannes. Er war der einzige Mensch, der sich um sie gekümmert hatte. Jetzt endlich war sie frei und durfte ihm zeigen, wieviel er ihr bedeutete.

Als sie sich vor seinem Atelier bückte, um den Schlüssel unter der Matte hervorzuholen, fand sie ihn nicht. Einen Augenblick war sie verdutzt, dann drückte sie auf die Klinke. Die Tür war nicht abgeschlossen. Hannes Hausmann war schon zurück. Er stand mit dem Rücken zur Tür und ordnete ein paar Rosen in einer Vase.

»Hannes!« rief sie.

Er drehte sich zu ihr um. »Das ist also der berühmte Afro-Look!«

Beinahe hätte sie sich ihm in die Arme geworfen. Statt dessen fragte sie: »Steht er mir?«

»Ganz dufte.«

Sie trat näher. »Ich bin so froh, daß du schon zurück bist!«

»Das hat seinen Grund«, sagte er, ohne sie anzusehen.

»Ja?«

»Ich erwarte Besuch.«

Das kam für Eva wie ein Blitz aus heiterem Himmel. »Ein Mädchen!?«

Er zuckte die Schultern. »Was sonst. Meine Freundin, wenn du nichts dagegen hast.«

Sie fand keine Worte mehr, konnte ihn nur anstarren.

»Deshalb wäre es mir ganz lieb, wenn du dich verdrücken würdest«, sagte er, »wenigstens für ein paar Stunden. Du verstehst schon, was ich meine.«

»Ja, ich verstehe vollkommen.« Ihre Stimme klang flach.

»Du bist doch nicht etwa beleidigt?«

»Überhaupt nicht. Ich wollte sowieso abhauen.« Sie nahm ihren Mantel von einem der Nägel in der Wand und packte den Henkel ihres Koffers. »Tschüs also. Und Dank für deine Gastfreundschaft.«

»Wo willst du denn hin?«

»Fort.« Sie drehte sich um und ging.

Als sie die Treppe hinunterlief, hörte sie, wie er hinter ihr herrief. Aber sie blieb nicht stehen. Dieses Kapitel ihres Lebens war abgeschlossen. Beinahe hätte sie eine riesige Dummheit gemacht, gut, daß ihr noch im richtigen Moment die Augen aufgegangen waren. Aber weh tat es trotzdem.

Als Eva die Halle des Hauptbahnhofs betrat, war es zwanzig Minuten nach zwei. Sie trat vor die Abfahrtstafeln und stellte den Koffer neben sich. Noch hatte sie kein bestimmtes Ziel; sie wußte nur, daß sie Düsseldorf verlassen mußte, wenn sie nicht riskieren wollte, früher oder später erkannt zu werden.

Außerdem wollte sie ja auch fort. Wie lange hatte sie schon davon geträumt, ein Stück der weiten Welt zu sehen. Jetzt war sie frei und konnte ihren Traum verwirklichen.

Um 14.35 Uhr ging ein D-Zug nach Hamburg ab, den beschloß sie zu nehmen. Sie kaufte eine Fahrkarte, und kaum, daß sie auf den Bahnsteig kam, lief der Zug auch schon ein. Es war seltsam, daß alles so einfach ging, wenn man nur ein bißchen Geld und einen Paß in der Tasche hatte.

Fünf Stunden später war sie in Hamburg. Der Himmel war grau, und es nieselte ein bißchen. Sie zog ihren Regenmantel an und ging quer über den Vorplatz auf das erste beste Hotel zu, einen riesigen Kasten, um so besser. Sie war noch nie allein in einem Hotel gewesen, aber der Koffer in der Hand verlieh ihr Sicherheit.

Sie bekam ein Einzelzimmer, brauchte ihren Paß gar nicht zu zeigen, sondern mußte nur ein Anmeldeformular unterschreiben — mit Regines Unterschrift, die sie inzwischen geübt hatte, runde kleine Buchstaben, die nicht schwer nachzuahmen waren.

Trotz des schlechten Wetters ging sie nachher noch fort und durchstreifte die Stadt. Sie war etwas enttäuscht, daß Hamburg nicht am Meer, sondern nur an der Elbe lag. Aber auch das war hübsch, besonders als später die Lichter an den Ufern der Alster angingen. Die Geschäfte auf dem Jungfernstieg waren genauso elegant wie auf der Kö. Sie lief über die Kennedy-Brücke zurück zum Hotel.

Einmal wurde sie angesprochen, aber sie gab keine Antwort, sondern sah zu, daß sie den jungen Mann abschüttelte.

Als sie in die Hotelhalle kam, lagen schon die Zeitungen des nächsten Tages auf dem Tresen. Sie kaufte zwei verschiedene Ausgaben und schlug den Teil mit den Stellenangeboten auf, noch während sie im Lift hinauffuhr. Sie mußte schleunigst einen Job suchen, denn ihr Geld reichte höchstens für ein paar Tage.

Eine Anzeige sprang ihr sofort ins Auge: »Junge, flotte Reisesekretärin für interessante Tätigkeit gesucht . . .«

Evas Herz klopfte vor Aufregung. Reisesekretärin – das war genau der Traumjob, der ihr immer vorgeschwebt hatte.

Sie konnte die Augen nicht von der kleinen Anzeige lassen: ». . . vorzustellen bei Dirk Jost, Fa. Round The World, Ballindamm 39.«

Auch das war gut, es war sogar sehr gut. Dieser Herr Jost schien es eilig zu haben, eine geeignete Sekretärin zu finden. Nur so war es zu erklären, daß er nicht unter einer Chiffre annoncierte, keine schriftliche Bewerbung verlangte und keinen Lebenslauf. Das paßte wie geschmiert. Was konnte schiefgehen? Auf ihrem Hotelzimmer angekommen, schnitt Eva die Anzeige aus und steckte sie in Regines weiße Lackledertasche, die sie immer noch bei sich hatte. Sie war fest entschlossen, morgen gleich nach dem Frühstück im Büro von »Round The World« aufzukreuzen. Was mochte sich hinter dem Namen verbergen? Klang nach Reisegesellschaft. Sehr verheißungsvoll. Vielleicht war das ihre Chance, die Welt kennenzulernen.

Aber ob sie den Anforderungen genügen würde? Eva betrachtete sich kritisch im Spiegel über dem Waschbecken. Mit ihrer Haartracht im Afro-Look konnte sie sich höchstens in einer Boutique oder als Fotomodell vorstellen, für eine Sekretärin sah die Frisur zu verrückt aus. Aber bis morgen würde das Kraushaar sowieso wieder glatt sein. Im Nachthemd begann Eva ihr künstlich gekraustes Haar mit kräftigen Bürstenstrichen zu glätten, bis sie wieder sich selber ähnlich zu werden begann — sich selber und auch dem Foto auf Regines Paß.

Sie knipste die Nachttischlampe an, löschte das Deckenlicht und ging mit der Zeitung in der Hand zu Bett. Sie zwang sich, auch die anderen Stellenangebote zu studieren, aber kein einziges erregte ihr Interesse.

Das Schicksal war ihr in den letzten Tagen so gnädig gewesen, es hatte sie, Eva Krüger, den Flammen entrissen, hatte ihr den Paß einer 18jährigen zugespielt und sie hierher nach Hamburg geführt. Sie mußte einfach diesen Job als Reisesekretärin kriegen, sonst hätte das alles keinen Sinn gehabt.

7

Am nächsten Morgen erwachte Eva früh. Sie wusch sich gründlich, zog ihr Kleid an und, um seriöser zu wirken, Strumpfhosen darunter, obwohl der Tag ziemlich heiß zu werden versprach. Sorgfältig bürstete sie sich die letzte Krause aus dem Haar und machte ihr Gesicht mit besonderer Mühe auf »alt« zurecht.

Mit ihrem leicht kastanienbraun getönten Haar, den klaren blauen Augen und der sommerlich gebräunten

Haut sah sie sehr gut aus; sie konnte mit ihrem Anblick durchaus zufrieden sein.

Aber das Aussehen allein genügte natürlich nicht.

Plötzlich wurde ihr siedendheiß bewußt, daß sie keinerlei Empfehlungen oder Zeugnisse besaß und daß man wahrscheinlich auch von einer 18jährigen die Einwilligung der Eltern verlangen würde, zumal für einen Job, der sie, wie sie sehnlichst hoffte, ins Ausland führen würde. Sie vergrub ihre Zähne in die Unterlippe und dachte angestrengt nach. Sie sah nur einen Ausweg: Sie mußte sich die Unterlagen selbst ausfertigen.

Schreibpapier mit dem Aufdruck »Hotel Reichshof« lag in einer Mappe auf dem kleinen Sekretär in ihrem Zimmer. Eva nahm ein Blatt, kniff den oberen Rand sorgfältig und so gerade wie möglich ab, glättete den Kniff mit dem Fingernagel und riß den Streifen mit der Hoteladresse ab. Jetzt hatte sie einen neutralen weißen Bogen.

Aber sie konnte doch unmöglich einen ganzen Schrieb mit der Hand verfassen. Regines Unterschrift zu kopieren, hatte sie schnell kapiert, das war was anderes. Aber in einer männlichen Handschrift einen Brief zu schreiben, das traute sie sich wirklich nicht zu.

Sie mußte sich eine Schreibmaschine beschaffen und fuhr in die Hotelhalle hinunter. Das lässige Auftreten der Herren beim Empfang schüchterte sie ein. Obwohl es noch sehr früh am Tag war, herrschte ein ständiges Kommen und Gehen. Eva gab ihren Schlüssel ab, wagte aber nicht, ihre Bitte vorzubringen.

Unentschlossen blieb sie am Tresen stehen und entdeckte dann im Hintergrund eine Dame, die eifrig tippte; es war, wie sie richtig annahm, die Hotelsekretärin.

Auf die ging sie zu und fragte: »Entschuldigen Sie bitte, aber kann ich hier wohl irgendwo eine Schreibmaschine leihen? Ich habe nämlich eine furchtbar unleserliche Schrift und . . .«

»Sind Sie Hotelgast?«

»Ja. Zimmer hundertvier.«

»Moment bitte.« Die Hotelsekretärin erhob sich, verschwand hinter einer Tür und kam gleich darauf mit einer Reiseschreibmaschine zurück. »Benutzen Sie sie bitte im Schreibzimmer. Vorne links, gleich neben dem Speisesaal. Und wenn Sie fertig sind, bringen Sie sie bitte wieder zurück.«

»Danke, vielen Dank.«

»Gern geschehen.« Die Hotelsekretärin lächelte freundlich. »Hoffentlich kommen Sie damit zurecht . . .«

»O doch, bestimmt.«

Das Schreibzimmer war ein heller, freundlicher Raum mit einem dicken Teppich, dunkelroten Vorhängen, kleinen Sesseln und sechs Schreibtischen aus Nußbaumholz, alle mit grünem Filz bezogen und mit Hotelschreibpapier versehen. Es war fast leer, nur eine alte Dame schrieb Ansichtspostkarten.

Eva grüßte, nahm so weit entfernt wie möglich von der Dame und der Tür Platz, öffnete den Maschinendeckel, spannte einen Bogen ein und probierte erst einmal den Zeilenabstand, die Satzzeichen und Striche aus.

Dann erst nahm sie den Bogen, von dem sie schon den Briefkopf abgetrennt hatte. Mitten auf die Seite tippte sie »Bestätigung« und unterstrich das Wort.

Danach schrieb sie nach einigem Überlegen weiter: »Ich bestätige hiermit, daß meine Tochter Regine Karlson, geboren am 28. 9. 51, nach Absolvierung der Handelsschule als meine Sekretärin tätig war. Sie ist wendig, anstellig und gewissenhaft, so daß ich mit ihrer Arbeit sehr zufrieden war. Ich entlasse sie nur, weil ich mich entschlossen habe, meine Selbständigkeit aufzugeben und als Angestellter in einen großen Betrieb einzutreten. Gleichzeitig erlaube ich meiner Tochter, das Elternhaus zu verlassen und sich eine neue Stellung zu suchen. Ich weiß, daß sie erwachsen genug ist, um das Richtige zu tun.«

Es versteht sich, daß Eva dieses interessante Schreiben nicht sozusagen in einem Atemzug herunterratterte, sondern zwischendurch immer wieder lange Pausen machen mußte, um zu überlegen, wie es weitergehen sollte. Dafür aber war sie zum Schluß mit ihrer Arbeit einigermaßen zufrieden.

Sie tippte in die linke Ecke: »Düsseldorf, den 15. Juni 1970« und zog den Bogen vorsichtig aus der Maschine.

Jetzt blieb nur noch die Unterschrift. Sie hatte keine Ahnung, wie Regines Vater mit Vornamen hieß, aber darauf kam es ja auch nicht mehr an. Wenn ihr zukünftiger Arbeitgeber tatsächlich auf die Idee kommen sollte, bei ihm nachzufragen, war sie sowieso geliefert.

Aber plötzlich kam Eva die Idee mit dem Bestätigungsschreiben blödsinnig vor. Die Firma »Round The World« hatte ja gar keine Unterlagen verlangt. Und wenn welche nötig waren, so konnte sie sich immer noch was einfallen lassen.

Kurz entschlossen zerriß sie das Schreiben und ließ es in winzigen Fetzen in den Papierkorb rieseln. Sie klappte die Reiseschreibmaschine wieder zu und brachte sie der Hotelsekretärin zurück. Dann erkundigte sie sich nach dem Weg zum Ballindamm und verließ das Hotel. Es war inzwischen acht Uhr vorbei, und sie hatte nicht mehr die Ruhe zu frühstücken. Das konnte sie immer noch tun, wenn sie erst den Job als Reisesekretärin in der Tasche hatte.

8

Ballindamm 39 war ein riesiges modernes Haus, direkt an der Binnenalster gelegen, dessen Fassade, mit hellbeigen quadratischen Steinplatten verkleidet, einen ausgesprochen vornehmen und soliden Eindruck machte.

Ganz oben in der rechten Reihe der Firmentafeln fand Eva »Round The World«. Sie durchquerte die kühle, mit einem riesigen Philodendron geschmückte Halle und fuhr in einem der Lifts nach oben.

Das Büro, das sie suchte, lag am Ende des Ganges. Sie klopfte an — keine Antwort. Sie drückte auf die Klinke und mußte feststellen, daß die Tür noch verschlossen war.

Einen Augenblick ärgerte sie sich, daß sie zu früh gekommen war und daß sie genausogut vorher noch hätte frühstücken können. Aber dann wurde ihr klar, daß die Situation auch ihr Gutes hatte: Sie würde als erste drankommen, wenn Dirk Jost eintreffen würde. Aber bis dahin mußte sie noch über eine Stunde warten, und inzwischen trudelten noch zwei weitere Anwärterinnen ein, beide sichtlich älter als Eva, die eine sehr hübsch, die andere sehr aufgetakelt.

Unter normalen Umständen hätten die drei, die da auf dem Gang miteinander warteten, bestimmt wenigstens ein paar Worte miteinander gewechselt. Aber in diesem Fall war es allen bewußt, daß nur eine einzige von ihnen die Chance hatte, die verlockende Stellung zu bekommen, und so musterten sie sich mit abschätzenden, fast feindlichen Blicken und schwiegen sich an.

Endlich, es ging schon auf halb zehn zu, erschien Dirk Jost, eine Aktentasche unter dem rechten Arm, einen zusammengerollten Regenschirm über dem linken, kam er aus dem Lift und eilte mit geschäftigen Schritten auf sein Büro zu, ein schlanker, großer junger Mann in einem seriösen grauen Flanellanzug und dezent gemusterter Krawatte. Er grüßte die Mädchen kurz, schloß die Tür auf, bat sie, in einem winzigen Vorzimmer Platz zu nehmen, und verschwand in dem eigentlichen Büro, das hinter einer Tür mit Milchglas lag.

Es vergingen noch ein paar Minuten, dann öffnete er die Zwischentür, steckte den Kopf heraus und sagte: »Bitte sehr!«

Sofort sprang die Aufgetakelte auf und wollte hinein.

Aber Eva war fast ebenso schnell. »Ich war zuerst da!« rief sie selbstsicher.

»Mag schon sein«, gab die Aufgetakelte herablassend zurück, »aber ich habe es furchtbar eilig und . . .«

»Das interessiert mich überhaupt nicht«, erklärte Eva energisch, »ich bin als erste an der Reihe!«

Dirk Jost, mit einem kleinen belustigten Grinsen in den Mundwinkeln, hatte die beiden genau beobachtet.

Jetzt sagte er zu Eva: »Also . . . dann kommen Sie!« Und zu der Aufgetakelten: »Gedulden Sie sich bitte noch einen Augenblick!« Er bot Eva in seinem Büro, das kaum größer als das Vorzimmer war, mit einer Handbewegung den Stuhl gegenüber dem Schreibtisch an.

»Brauchen Sie wirklich nicht mehr als einen Augenblick, um festzustellen, ob ich für die Stellung geeignet bin?« fragte Eva kampfeslustig.

Er hatte die Tür geschlossen und nahm hinter dem Schreibtisch Platz.

»Das war nur so eine Redensart«, sagte er versöhnlich. »Im übrigen . . .« Er erhob sich und ging zum Fenster, ». . . ich bin Dirk Jost.«

»Habe ich mir gedacht«, erwiderte Eva, »und ich bin Regine Karlson.«

Sie musterten sich ein paar Sekunden kritisch, und Eva stellte fest, daß Dirk Jost ein auffallend gut aussehender junger Mann war mit braunen, dicht bewimperten Augen und verhältnismäßig kurz geschnittenem braungelockten Haar. Ein bißchen zu gut aussehend für ihren Geschmack, fand sie, und ordnete ihn als Typ Playboy ein.

»Regine Karlson?« wiederholte er. »Der Name kommt mir irgendwie bekannt vor.«

»Ausgeschlossen«, sagte Eva, »ich bin erst gestern in Hamburg eingetroffen. Ich bin Düsseldorferin.«

»Dann muß ich mich wohl irren.«

»Bestimmt.« Eva erzählte das Märchen von ihrem Vater, in dessen Elektrohandlung sie gearbeitet hätte, bis er den Laden dichtgemacht und ihr erlaubt hatte, sich ein bißchen den Wind um die Nase wehen zu lassen.

Dirk Jost hörte ihr aufmerksam zu. »In Steno und Schreibmaschine sind Sie also fit?«

»Ich will nicht behaupten, daß ich eine Kanone bin«, sagte Eva ehrlich, »aber ich komme schon zurecht.«

»Einen Paß haben Sie?«

»Ja.«

»Führerschein?«

Eva zögerte. »Auch«, sagte sie dann, »aber mir fehlt die Fahrpraxis.«

»Sie könnten mich also nicht unterwegs am Steuer ablösen?«

»Ich könnte es lernen.« Eva holte tief Atem. »Sagen Sie mal, um was handelt es sich eigentlich bei dieser Stellung?«

Dirk Jost lehnte sich lässig am Fenster zurück, öffnete den obersten Knopf seines tadellosen Hemdes und lokkerte die Krawatte. »›Round The World‹ ist ein Unternehmen, das Gesellschaftsreisen zusammenstellt – ein ziemlich junges Unternehmen, das sich jetzt erst ausbreitet. Ich bin beauftragt, die Reiseländer Europas ... und später auch Afrikas, Amerikas und Asiens abzugrasen, gute Hotels ausfindig zu machen und zu Vertragsabschlüssen zu kommen.«

»Wir reisen also wirklich durch die ganze Welt?« rief Eva begeistert. »Das ist ja fabelhaft!«

»Vorläufig«, dämpfte Dirk Jost ihre Begeisterung, »habe ich Sie noch nicht eingestellt.«

»Aber ich bin wirklich ungeheuer unternehmungslustig«, erklärte Eva, »und für den Posten wirklich wie geschaffen. Es liegt mir furchtbar viel daran.«

»Das glaube ich Ihnen gerne. Aber Sie werden mir doch wohl gestatten, daß ich mich erst mal mit den anderen Bewerberinnen befasse.«

Eva machte ein langes Gesicht.

»Es ist durchaus möglich, daß ich auf Sie zurückkomme.« Dirk Jost schob ihr einen Block über den Schreibtisch. »Schreiben Sie mir bitte Ihren Namen auf, Ihre Adresse und, wenn möglich, Ihre Telefonnummer.«

REGINE KARLSON, schrieb Eva – vorsichtshalber in großen Buchstaben, »Hotel Reichshof«. »Die Telefonnummer«, sagte sie, »weiß ich nicht. Sie finden sie im Telefonbuch.«

»Geht in Ordnung.« Dirk Jost erhob sich.

»Wann werde ich von Ihnen hören?« fragte Eva fast flehend.

»In den nächsten Tagen.«

»Aber so lange kann ich nicht warten!«

»Unter diesen Umständen«, sagte er gelassen, »würde ich Ihnen raten, sich nach einem anderen Posten umzusehen . . . wenn Sie dann schon vergeben sind, habe ich eben Pech gehabt.«

Kaum hatte Dirk Jost Eva aus seinem Büro geschoben, als die Aufgetakelte zu ihm hereinstürzte.

»Moment noch«, sagte er und komplimentierte sie wieder hinaus. Er nahm sich den Block vor, auf den Eva ihren neuen Namen geschrieben hatte, starrte nachdenklich darauf und hob dann einen Stapel Zeitungen vom Boden auf. Er fand die Ausgabe der »Düsseldorfer Nachrichten« vom gestrigen Tag und blätterte sie durch.

Der Bericht über den Brand des Vergnügungslokals »Remise«, bei dem zehn junge Leute den Tod gefunden hatten, war groß rausgebracht worden.

Dirk Jost überflog ihn.

Dann schlug er das vorletzte Blatt mit den Todesanzeigen auf. Immer wieder fanden sich in den Anzeigen die Formulierungen »durch einen tragischen Unglücksfall«, »im blühenden Alter«, »unsere heiß geliebte Tochter« und: »Das Begräbnis findet um zehn Uhr auf dem Südfriedhof statt.«

Man brauchte kein Gehirnakrobat zu sein, um zu begreifen, daß es sich bei den jungen Leuten, deren Tod hier von ihren Familien bekanntgegeben wurde, um die Opfer der Brandkatastrophe handelte.

Dirk Jost überflog die angegebenen Namen und sagte, als er auf »Regine Karlson« stieß, laut zu sich selber: »Hab' ich's mir doch gedacht!«

Er griff zum Telefon, nahm den Hörer ab, begann eine Nummer zu wählen und – legte dann wieder auf. Er kippte den Schreibtischsessel nach hinten zurück, rieb sich das Kinn und dachte nach.

9

Eva hatte fest damit gerechnet, den Job als Reisesekretärin zu bekommen, und nun hatte dieser Dirk Jost sie so kurz abgespeist. Dabei konnte sie nicht einmal böse auf ihn sein, denn eigentlich war er ihr sehr sympathisch gewesen. Die Schuld lag bei ihr selber. Sie hatte zuviel erwartet, und das war wirklich kindisch gewesen.

Aber sie hatte das Elternhaus verlassen und die Freiheit gewählt. Jetzt mußte sie beweisen, daß sie dem Leben gewachsen war und damit fertig wurde.

Eva war sicher, daß Dirk Jost sich nicht bei ihr melden würde. Das bedeutete: Sie mußte sich nach einer anderen Stellung umsehen. Mutlos machte sie sich auf den Weg zum Hotel zurück.

»Suchen Sie was Bestimmtes, Fräulein?« fragte plötzlich eine Männerstimme neben ihr.

Sie fuhr herum und sah in graue, durchdringende Augen, die einem jungen Mann mit einer blonden Tolle gehörten.

»Na, schauen Sie doch nicht so entsetzt«, sagte er, »ich will Ihnen doch nur helfen.«

»Nein, danke!«

»Aber Sie sind doch fremd hier.«

»Woher wissen Sie das?« fragte Eva verblüfft.

»Sind Sie ausgerissen?«

Eva wurde rot. »Was halten Sie eigentlich von mir?«

Der junge Mann lachte nur. »Sie sind doch viel zu jung, um allein in der Weltgeschichte herumzugondeln!«

»Ich bin achtzehn!«

»Ach, was.«

»Ich habe einen Paß und könnte es Ihnen beweisen. Aber ich denke gar nicht daran.«

»Dann muß ich mich entschuldigen.« Der junge Mann machte die Andeutung einer Verbeugung. »Ich heiße Charly ... und wenn Sie drauf bestehen, verschwinde ich sofort. Aber vielleicht kann ich Ihnen doch den einen oder anderen Tip geben. Ich bin nämlich von hier. Und wenn Sie wollen, könnten wir das alles bei einem Stück Kuchen zusammen besprechen ... da vorne im Alsterpavillon.«

Eva betrachtete den jungen Mann. Er sah nicht übel aus. Trug einen Anzug aus hellem, ungefärbtem Leder, dazu ein hellrotes Tuch im halboffenen blauen Seidenhemd, und auch sein Gesicht unter der blonden Tolle wirkte ganz nett. Sie dachte daran, wie günstig es sich auf ihre Finanzen auswirken würde, wenn sie sich einladen ließe. »Ja, okay«, sagte sie.

Das Publikum im Alsterpavillon war gutbürgerlich bis elegant, und das etwas beklemmende Gefühl, das Eva anfangs noch gehabt hatte, weil sie sich von einem wildfremden Mann ausführen ließ, verschwand sehr schnell. Sie verzehrte mit Genuß zwei Stück Sahnetorte und trank eine Kanne Tee dazu. Charly hatte sich nur eine Tasse Kaffee bestellt.

»Was haben Sie für einen Beruf erlernt?«

»Sekretärin.«

»Sind Sie perfekt?«

»Leider nein«, gab Eva zu, »Anfängerin.«

»Wissen Sie, wieviel eine Anfängerin verdient? Bestimmt nicht so viel, daß sie davon leben kann. Wenn Sie bei Ihren Eltern wohnen würden und das Gehalt als Taschengeld nähmen, dann ginge es ... aber so.«

»Aber was soll ich denn sonst machen?!«

»Es gibt Berufe, in denen ein hübsches junges Mädchen wie Sie 'ne Menge Geld schaufeln kann«, sagte er grinsend.

»Was für Berufe?«

»Na, da können wir später immer noch drüber sprechen. Waren Sie überhaupt schon am Hafen?«

»Nein.«

»Dann wird es aber höchste Zeit. Kommen Sie!«

Von den St.-Pauli-Landungsbrücken aus unternahmen sie eine Hafenrundfahrt.

Eva lächelte durch ihr windzerzaustes Haar zu Charly auf. »Schön ist es hier! Ich kriege ordentlich Sehnsucht nach der großen weiten Welt!«

»Da können Sie doch hin!«

»Ich!?«

»Ja, Sie!«

»Wie denn?«

»Erkläre ich Ihnen später!«

Eva wurde nun schon zum zweitenmal von Charly vertröstet, und sie wurde immer neugieriger. Aber erst Stunden später, als sie in einem gemütlichen Fischlokal in der Nähe der Landungsbrücken zu Abend aßen, fand sie Gelegenheit, ihn daran zu erinnern. Inzwischen hatte er schon ihren Namen, allerdings den falschen, erfahren, daß sie aus Düsseldorf stammte und im Hotel »Reichshof« wohnte.

»Natürlich können Sie ins Ausland, Gina«, sagte er bedachtsam, »nichts einfacher als das . . . allerdings nicht als Sekretärin.«

»Als was sonst?«

»Als Bardame.«

»Bardame.« Eva lachte. »Das ist doch nichts für mich. Ich hab' von so was wirklich keine Ahnung. Wirklich nicht!«

Als Charly merkte, daß Eva nicht auf seinen Vorschlag ansprang, fügte er rasch hinzu: »Aber ich will Ihnen ja auch gar nichts einreden, Gina. Wie wäre es, wenn wir mal einen kleinen Reeperbahnbummel machen würden?«

»Einverstanden«, sagte Eva, »das ist eine prima Idee... also auf zur Reeperbahn!«

Reeperbahn und Große Freiheit, Glanz und Neonlichter, ein Lokal neben dem anderen, in den Türen Portiers in Fantasieuniformen, muskulöse Rausschmeißer und stark geschminkte Mädchen — es war genauso, wie Eva es sich vorgestellt hatte.

Es war ihr auch ganz selbstverständlich, sich bei Charly einzuhängen. Die Gläser Wein, die sie zum Essen getrunken hatte, taten ihre Wirkung. Die allgemeine Ausgelassenheit steckte sie an.

Charly versuchte auch, sie zu küssen, aber sie wandte ihr Gesicht rasch ab, so daß seine Lippen nur ihren Hals trafen.

Eva war gar nicht verliebt, aber sein Kuß gab ihr ein seltsam prickelndes Gefühl. Danach musterte sie ihn verstohlen von der Seite. Er schien gar nicht beleidigt über ihr Ausweichen, und sie fand, daß er ein guter Kumpel war.

»Wo sind die Beatles aufgetreten?« fragte Eva.

»Ich weiß was Besseres«, erwiderte Charly, »ich zeige Ihnen, wo man Geld verdienen kann.«

»Och«, sagte sie enttäuscht.

»Ich dachte, das wäre wichtig für Sie. Kommen Sie.« Er zog sie mit sich in eine Nebengasse.

Charly klopfte an eine verschlossene Eisentür.

Eva trat zurück und sah eine große Dreizehn.

»Was ist das?«

»Ein Club«, sagte er, »etwas für feine Leute.«

Eine Klappe ging auf. Charly flüsterte dem Mann dahinter etwas zu, die eiserne Tür wurde geöffnet, und sie traten in einen Garderobenraum.

Der Mann, der ihnen aufgemacht hatte, war ein breitschultriger Neger.

»'n Abend, Mister Charly«, sagte er und musterte Eva mit einem breiten Grinsen.

»Viel Betrieb heute?« fragte Charly.

»Zu heiß, Mister Charly.«

Der Neger schlug einen schweren Vorhang zur Seite, und sie betraten einen Raum, der in der Tat nur schwach besetzt war. Die Hälfte der kleinen, weiß gedeckten Tische, auf denen rot beschirmte Lampen leuchteten und Telefone standen, waren unbesetzt. Eine Drei-Mann-Band spielte gedämpfte, aber sehr rhythmische Musik.

Charly führte Eva zu einem der freien Tische und bestellte »zwei Spezial«.

»Na, wie gefällt es Ihnen, Gina?« fragte er.

»Hübsch.«

Eva sah sich um. Irgend etwas kam ihr sonderbar vor, aber es dauerte eine ganze Weile, bis sie daraufkam, was es war: die anwesenden Herren hatten ihre besten Jahre bereits erreicht oder auch schon hinter sich gelassen, während ihre Begleiterinnen sehr jung schienen.

»Was sind das für Leute?« fragte sie.

Charly verstand sie sofort. »Die Herren sind Gäste, die Mädchen Animierdamen.«

»Aber . . . so sehen sie gar nicht aus!«

»Sie haben eben ganz falsche Vorstellungen von diesem Beruf, Gina. Das sind alles durchaus anständige Mädchen, jetzt sehen Sie es selber. Trotzdem verdienen sie so um die hundert Mark pro Abend!«

»Bloß fürs Gesellschaftleisten?« fragte Eva skeptisch.

Das Telefon zwischen ihnen auf dem Tisch klingelte.

»Nehmen Sie ab, Gina«, sagte Charly.

Sie schüttelte den Kopf.

Er drängte sie nicht weiter, sondern nahm selber den Hörer, lauschte und sagte zu Eva: »Sehen Sie, ich habe es doch gewußt, es ist für Sie . . . der Herr da hinten möchte Sie sprechen. Der Dicke an der Bar!«

»Nein!«

»Später«, sagte Charly in das Telefon und hängte auf.

Eva wurde energisch. »Weder jetzt noch später! Ich bin mit Ihnen hierhergekommen . . .«

»Ich dachte, Sie wollten Geld verdienen!«

»Doch nicht heute abend!«

»Und warum nicht?«

Darauf fiel Eva nicht so schnell eine Antwort ein.

Der Kellner brachte auf einem Tablett die beiden »Spezial«.

»Trinken wir erst mal«, schlug Charly vor und hob sein Glas.

Eva nahm einen Schluck; das Getränk schmeckte gut, süß und herb zugleich, war aber so stark, daß es ihr sofort in die Glieder fuhr.

»Was ist das?« fragte sie.

»Ein Cocktail. Trinken Sie nur . . . absolut unschädlich.«

»Lieber nicht.« Eva stellte das Glas auf den Tisch. »Ich bin es nicht gewohnt.«

Charly zeigte keinerlei Ärger. »Und rauchen tun Sie auch nicht, ich weiß.« Er zog ein silbernes Zigarettenetui aus der Tasche. »Aber probieren Sie die mal . . . die sind ganz was Besonderes.«

Es waren kurze, dicke Zigaretten, wie Eva sie noch nie gesehen hatte. Sie hatte keine Lust zu rauchen, aber sie wollte auch nicht schon wieder ablehnen. Ihr war vom Cocktail schon ein bißchen schwindelig geworden, und sie hatte das Gefühl, daß ihre Zunge ihr nicht mehr gehorchte. Das aber wollte sie Charly auf keinen Fall merken lassen. So griff sie also wortlos zu, und er reichte ihr Feuer. Nach den ersten beiden Zügen mußte sie husten. Dann aber wurde sie von einem nie gekannten Gefühl der Leichtigkeit erfüllt.

»Na, schmeckt es?« fragte er.

Sie nickte strahlend.

»Na also«, sagte er und dann: »Sieh mal da rüber . . . da passiert gleich was!«

Ein rothaariges Mädchen hatte sich die Schuhe ausgezogen, war auf einen der freien Tische gesprungen und begann, barfuß, nach dem Samba-Rhythmus der kleinen Band zu tanzen. Sie beugte sich, mit den Armen wedelnd, weit nach hinten, und einer der Herren öffnete ihren Reißverschluß. Sie richtete sich auf und wand sich aus ihrem bunten Sommerkleid.

Immer weiter tanzend pellte sich die Rothaarige auch aus ihrer Unterwäsche, ein schmales, noch sehr unentwickeltes Mädchen mit winzigem Busen.

Nur für den Bruchteil einer Sekunde stand sie splitternackt da, dann wurde es dunkel im Lokal, und als die Lichter angingen, war die Rothaarige verschwunden.

»Na, wie hat es dir gefallen?« fragte Charly.

»Geht so.«

»Klar, daß du das besser könntest . . . und du bist ja auch viel schöner«, sagte er.

Eva lachte. Sie fühlte sich so glücklich und frei wie noch nie. Es schien ihr gar nicht abwegig, auch auf den Tisch zu klettern und sich vor allen auszuziehen. Im Gegenteil, ihr ganzer Körper war von einer prickelnden Lust erfüllt, genau das zu tun.

»Was für eine Zimmernummer hattest du noch mal im Hotel«, fragte Charly.

»Hundertvier«, antwortete Eva, ohne nachzudenken.

Der dicke Mann von der Bar, der vorhin mit ihr telefonieren wollte, kam auf ihren Tisch zugeschlendert. Charly erhob sich, und die beiden wechselten ein paar Worte, die Eva nicht verstehen konnte.

Sie starrte mit weit aufgerissenen Augen in das Lokal, das ihr wie eine Oase des Glücks vorkam. Plötzlich fing sie den Blick eines Mädchens auf, die mit dem Kopf ein kurzes Zeichen machte, ihr zu folgen.

»Das ist Herr Kowalsky, Gina«, sagte Charly, »er zahlt dir hundert Mark, wenn du es tust.«

»Ein bißchen wenig«, sagte Eva.

»Na schön, leg ich noch 'nen Hunderter drauf«, sagte der Dicke. »Abgemacht?«

Eva nickte.

Charly schnippte mit den Fingern. »Willst du 'ne besondere Musik?«

»Beat«, erklärte Eva, »aber erst muß ich noch wohin.« Sie erhob sich, umklammerte die weiße Lackledertasche und steuerte in die Richtung, in die die dünne Blonde verschwunden war.

Im Hintergrund des Clubraums stieß Eva auf eine

Türe mit der Aufschrift »Ladies«, und als sie sie öffnete, fand sie sich in einem Vorraum zu den Toiletten wieder.

Die dünne Blonde saß auf einem Hocker, hatte sich den Ärmel ihres blau-weiß karierten Schulmädchenkleides hochgeschoben und desinfizierte mit einem Wattebäuschchen eine Stelle auf ihrem Arm.

»Haben Sie dich so weit?« fragte sie, ohne Eva anzusehen.

»Ich verstehe nicht . . .«

»Dann bist du dümmer, als die Polizei erlaubt. Erst der ›Spezial‹, dann 'ne Zigarette mit Opium, und zum Schluß der Striptease, ist doch immer dasselbe.«

»Du meinst, Charly hat mir 'ne Zigarette mit Opium gegeben?!«

»Sicher doch!« Die dünne Blonde nahm eine aufgezogene Spritze vom Waschbecken und stach sie sich unter die Haut.

»Warum denn?« fragte Eva.

»Um dich zum Strippen zu bringen.«

Eva wollte beinahe sagen: Das hätte ich auch so getan! — Aber dann wurde ihr plötzlich klar, daß sie im normalen Zustand an so etwas nicht einmal im Traum gedacht hätte.

Die dünne Blonde sah auf ihren Arm, in den der Inhalt der Spritze floß. »Du denkst: Was soll das schon. Einmal ist keinmal. Ich habe einen schönen Körper, und warum soll ich ihn verstecken? — Aber morgen kommt der Katzenjammer. Sie machen Fotos, wie du auf dem Tisch rumtanzt, und die sehen ganz anders aus, als du dir das selber vorgestellt hast. Sie drohen dir damit, sie deinen Eltern zu zeigen, wenn du nicht weitermachst . . .«

»Aber ich bin von zu Hause fort!« warf Eva ein.

Die dünne Blonde sah zu ihr auf; ihre Pupillen waren

klein und starr geworden. »Um so schlimmer für dich. Dann bist du auch schon weg vom Fenster. Wenn du kein Zuhause hast, bist du denen ausgeliefert.«

Eva begriff, was Charlys Frage nach ihrem Hotelzimmer bedeutet hatte. Er konnte ohne weiteres ein Mädchen dorthin schicken, das ihre Sachen zusammenpackte und die Rechnung bezahlte. Niemand in dem riesengroßen Hotel würde etwas dabei finden, niemand würde sich Gedanken über sie machen.

»Wie komme ich hier raus?« fragte sie panikartig.

»Durch die Toiletten, den Gang lang und über den Hinterhof . . . den Weg benutzen wir, wenn es eine Razzia gibt.«

»Danke!« Eva war schon halb auf dem Weg, als sie sich noch einmal umdrehte. »Warum tust du das für mich?«

»Weil sie mich fertiggemacht haben.«

»Aber du verdienst doch gut?«

»Verdienen?« Die dünne Blonde lachte auf. »Ich kann von Glück sagen, wenn ich meinen Stoff bekomme. Verdienen! Du hast Begriffe. Charly, Kowalsky und die anderen stecken doch alles selber ein!«

Eva sah zu, daß sie fortkam. Sie hatte keine Ahnung, wo sie war, sie rannte einfach drauflos. Wenig später fand sie ein Taxi, das sie zum Hotel zurückbrachte.

10

Das große Entsetzen kam erst viel später. Mitten in der Nacht wachte Eva auf. Es war ihr übel. Immer wieder mußte sie sich übergeben. Das Blut schoß ihr in den Kopf, als ihr klarwurde, daß sie nahe daran gewesen war, einen Striptease vorzuführen.

Und doch wäre sie gestern abend fähig gewesen, sich ohne Skrupel splitternackt auszuziehen und hätte die gierigen Blicke auf ihrem Körper vielleicht sogar genossen. Möglicherweise hätten Charly und dieser Kowalsky sie noch zu was ganz anderem gekriegt.

Es wurde ihr noch schlechter, als sie sich das vorstellte, und sie mußte noch einmal brechen. Es war ihr vollkommen klar, wie dumm und leichtsinnig sie sich benommen hatte. Sie mußte von nun an besser auf sich aufpassen.

Noch am nächsten Morgen war Eva so verkatert und niedergeschlagen, daß sie sich schon fragte, ob es nicht das Vernünftigste wäre, aufzugeben und zu ihren Eltern zurückzukehren. Der Schreck saß ihr noch schwer in den Gliedern. Sie packte ihre Sachen zusammen.

Aber gerade, als sie ihr Hotelzimmer verlassen wollte, klingelte das Telefon. Sie nahm den Hörer ab und meldete sich zaghaft, ganz darauf gefaßt, daß Charly sie nicht so ohne weiteres laufenlassen würde.

»Dirk Jost«, sagte eine sympathische Stimme am anderen Ende der Leitung, »Dirk Jost von der Firma ›Round The World‹. Spreche ich mit Fräulein Regine Karlson?«

»Ja«, sagte Eva, »das bin ich.«

»Ich wollte nur fragen, ob Sie schon eine andere Stellung gefunden haben . . ., wenn nicht, könnten wir einen Vertrag miteinander machen!«

Evas Herz tat einen Luftsprung; sie wollte ihre Zusage ins Telefon jubeln, aber sie war von seinem Angebot so überwältigt, daß sie nur ein heiseres Krächzen hervorbrachte.

Dirk Jost verstand sie falsch. »Sie haben kein Interesse mehr?« fragte er, deutlich enttäuscht.

Jetzt endlich fand Eva die Sprache wieder. »Doch . . . ja . . . natürlich«, stammelte sie und fügte, um ihre Zustimmung nicht gar so begeistert klingen zu lassen, etwas nüchterner hinzu: »Wenn sie mir einen attraktiven Job bieten können.«

»Das glaube ich schon.« Dirk Josts Stimme hörte sich an, als ob er ein Lachen unterdrückte. »Passen Sie auf, das Einfachste wird sein, ich komme gleich zu Ihnen. Wir treffen uns unten in der Halle. Einverstanden? In fünf Minuten bin ich dort!«

Eva hätte tanzen mögen vor Freude. Endlich, endlich schien sie ihrem Traumziel ganz nahe zu sein. Wenn sie den Job als Reisesekretärin wirklich ergatterte, war alles, was sie seit dem Brand des Beat-Schuppens unternommen hatte, genau richtig gewesen. Auch das Erlebnis der vergangenen Nacht war dann keine gefährliche Blamage, sondern einfach eine Erfahrung, die sie wieder einen Schritt weitergebracht hatte.

Eva trat dicht an den Spiegel und betrachtete kritisch ihr junges Gesicht. Ohne Zweifel hatte sie schon mal besser ausgesehen. Unter ihren blauen Augen lagen tiefe Schatten, und sie machte sich sofort daran, sie durch ein für den frühen Morgen vielleicht ein bißchen übertriebenes Make-up so weit wie möglich zu verbergen. Sie besprühte ihr dunkelbraunes Haar, das noch immer den leicht kastanienroten Schimmer der Tönung hatte, mit Trockenshampoo und bürstete es dann gründlich aus. Die Anstrengung lohnte sich. Es fiel ihr danach wieder locker und glänzend um die Wangen und in die Stirn.

Eva packte Regines weiße Lackledertasche und den Zimmerschlüssel und stürzte auf den Gang hinaus.

Dirk Jost war noch nicht da, als sie den Lift verließ und sich in der riesigen Halle des Hotels »Reichshof« umsah. Aufatmend ließ sie sich in einen der schweren Clubsessel sinken, von dem aus sie die gläserne Drehtür im Auge behalten konnte.

Als er dann eintrat und sich suchend umsah, hätte sie ihn fast nicht erkannt. Er trug nicht, wie bei ihrer Vorstellung in seinem Büro, den seriösen grauen Flanellanzug, sondern eine helle Wildlederjacke, in der er salopper und auch jünger wirkte. Er sah regelrecht umwerfend aus, eigentlich viel zu gut für einen Chef, fand Eva.

Jetzt hatte er sie schon entdeckt und kam in großen Schritten auf sie zu. »Hallo«, sagte er, setzte das halbe Grinsen auf, das sie schon an ihm kannte, und ließ sich in den zweiten Sessel an dem kleinen Tisch neben ihr sinken.

Eva hatte das Gefühl, etwas sagen zu müssen. »Ich bin sehr froh, daß Sie sich nun doch für mich entschieden haben«, erklärte sie glücklich.

»Und wissen Sie auch warum?« fragte er lebhaft. »Weil Sie die einzige unter den Bewerberinnen waren, die in keinem Arbeitsverhältnis steht . . . die also auf der Stelle bei mir anfangen kann.«

Das war im Grunde nicht gerade schmeichelhaft, aber Eva machte sich nichts daraus. »Da habe ich aber Glück gehabt«, sagte sie vergnügt.

»Sie können doch sofort bei mir antreten . . . oder?«

»Ohne weiteres.«

»Na wunderbar. Ich muß nämlich morgen nach London.«

»Und ich?«

»Sie fliegen mit.«

Bunte Lichter begannen vor Evas Augen zu tanzen: London, Carnaby Street, King's Road — wie oft hatte sie davon geträumt, und nun sollte dies alles für sie Wirklichkeit werden! Was war sie doch für ein Glückspilz!

Dirk Jost setzte ihrer stummen Begeisterung einen Dämpfer auf. »Wenn wir uns einig werden, meine ich natürlich.«

»Oh, da bin ich ganz sicher!« rief sie strahlend.

Er betrachtete sie belustigt unter den dichten dunklen Wimpern. »Wollen wir es hoffen. Was für ein Gehalt hatten Sie denn gedacht?«

»Das überlasse ich ganz Ihnen«, versicherte sie eifrig.

Sein Lächeln vertiefte sich. »Was hatten Sie denn bei Ihrem Vater?«

»Bei meinem . . . ach so! Ich hatte Essen und Wohnen zu Hause frei«, schwindelte Eva drauflos, »und mein Gehalt . . . also eigentlich war es mehr ein Taschengeld.«

»Hm.« Er zupfte an seiner Unterlippe. »Dann wären Sie wohl mit . . . na, sagen wir sechshundert Mark netto einverstanden? Zuzüglich Reisekosten und Spesen, versteht sich.«

Das war für ein Anfangsgehalt geradezu toll. Sie mußte sich schwer beherrschen, um ihre Freude nicht gar zu deutlich zum Ausdruck zu bringen. »Das akzeptiere ich«, sagte sie.

»Ihre Papiere sind, soviel ich weiß, in Ordnung?«

»Ja.«

»Ihr Paß muß nicht verlängert werden?«

»Erst in zwei Jahren.« Eva öffnete ihre Handtasche und holte das wichtige Stück heraus und schlug es auf. »Da, sehen Sie!«

Er winkte ab. »Ich glaube Ihnen aufs Wort. Geben Sie mir bitte Ihre Lohnsteuerkarte . . .«

Das kam für Eva wie eine eisige Dusche. »Meine . . . was?«

»Ihre Lohnsteuerkarte«, wiederholte Dirk Jost, »haben Sie etwa bei Ihrem Vater keine gebraucht?«

»Nein, wirklich nicht«, stammelte Eva, »ich . . . Sie wissen doch . . . ich sagte schon . . . es war eher eine Art Taschengeld, das ich . . . «

»Schade«, sagte er mit ausdruckslosem Gesicht, »aber kein Beinbruch. Dann müssen Sie sich eben eine beschaffen.«

Eva beugte sich vor und umklammerte krampfhaft ihren Zimmerschlüssel. »Wie macht man das?«

»Sie haben sich doch sicher in Düsseldorf polizeilich abgemeldet . . .«

»Nein!« entschlüpfte es ihr.

»Dann müssen Sie es eben nachholen. Erst wenn Sie hier richtig gemeldet sind, bekommen Sie Ihre Lohnsteuerkarte vom Hamburger Finanzamt.«

Eva wurde blaß.

»Oder auch«, fuhr Dirk Jost fort, »Sie behalten Düsseldorf als ständigen Wohnsitz . . . schließlich werden wir sowieso die meiste Zeit auf Reisen sein . . . und lassen sich die Lohnsteuerkarte vom dortigen Finanzamt zuschicken.«

Eva sah ihre Felle wegschwimmen. An alles hatte sie gedacht, nur nicht daran, daß sie, um arbeiten zu können, eine Lohnsteuerkarte brauchte. Wenn sie sich wirklich an eine Düsseldorfer Behörde wendete, würde bestimmt herauskommen, daß sie mit den Papieren einer Toten durch die Weltgeschichte reiste. Ihre Enttäuschung war so groß, daß sie beinahe in Tränen ausgebrochen wäre.

»Aber ... das ist doch alles ... furchtbar umständlich«, brachte sie mit zitternder Stimme heraus.

»Halb so schlimm«, tröstete er sie lächelnd, »allerdings ... die Londoner Reise werde ich wohl oder übel allein machen müssen.«

»Ich dachte, Sie brauchen doch so dringend jemanden?«

»Stimmt. Aber was kann man da machen?«

Eva konnte ihm keine Antwort geben; sie war voll damit beschäftigt, die aufsteigende Verzweiflung zu bekämpfen. Aber es gelang ihr nicht. Dieser Schlag, so nah vor dem Ziel, war zu schlimm gewesen. Sie schluchzte nicht, ihre Augen wurden naß, und dann begannen ihr, wider Willen, die Tränen über die Wangen zu rinnen.

»Ist es so schlimm?«

Sie nickte mit fest zusammengepreßten Lippen.

»Dann«, sagte er, »müssen wir uns etwas anderes ausdenken. Wenn Sie bereit wären, umsonst für mich zu arbeiten ... besser gesagt, für ein Taschengeld, dann könnten wir uns die ganze Steuerangelegenheit sparen ... das ist natürlich nur ein Vorschlag von mir, ich will Sie zu nichts überreden, lieber wäre es mir, wenn ...«

»Bitte«, platzte Eva schluchzend heraus, »bitte, Herr Jost, nehmen Sie mich mit!« Sie wäre mitten in der Hotelhalle vor ihm auf die Knie gesunken, wenn das etwas genutzt hätte.

Aber das war zum Glück gar nicht nötig. »Also machen wir es so«, sagte er freundlich und warf ihr sein sauberes Taschentuch zu, »nun putzen Sie sich erst mal die Nase und beruhigen Sie sich, damit wir die Einzelheiten besprechen können ...«

Doch das ging nicht so schnell, wie er sich das dachte. Eva wischte sich die Tränen ab, aber das nützte nichts, es kamen immer neue. »Darf ich mich, bitte, erst mal frisch machen?« bat sie erstickt.

»Na klar. Und lassen Sie sich Zeit, Fräulein Karlson ... ich werde auf Sie warten.«

Eigentlich hatte Eva vorgehabt, in den Waschraum zu gehen, aber als sie, halb blind vor Tränen, durch die Hotelhalle stolperte, wurde ihr bewußt, daß sie ihren Zimmerschlüssel nicht abgegeben hatte, sondern ihn immer noch in der Hand hielt. Plötzlich kam ihr der Einfall, sich in die Abgeschiedenheit ihrer vier Wände zu flüchten.

Sie fuhr mit dem Lift nach oben, steckte den Schlüssel ein, drehte ihn um und stieß die Tür zu ihrem Zimmer auf.

Durch den Schleier ihrer Tränen sah sie die dunkle Silhouette eines Mannes, die sich von dem hellen Viereck des Fensters deutlich abhob.

11

Eva wollte schreien, aber sie brachte kein Wort hervor, davonlaufen, aber ihre Beine gehorchten ihr nicht. Mit aufgerissenem Mund starrte sie den Eindringling fassungslos an.

Er hatte gebeugt über ihrem geöffneten Koffer gestanden. Jetzt drehte er sich zu ihr um, ein massiger Mann mit eingedrückter Nase und Schlägermütze, den sie noch nie in ihrem Leben gesehen hatte.

»Mach die Tür zu«, befahl er.

Eva hätte es beinahe getan, aber da begann ihr Verstand wieder zu arbeiten. »Das könnte Ihnen so passen!« sagte sie und wunderte sich, daß ihre Tränen mit einem Schlag versiegt waren.

»Keine Zicken«, warnte der Bullige und kam einen Schritt näher auf sie zu.

»Ich warne Sie!« zischte Eva. »Bleiben Sie mir vom Leibe . . . oder ich schreie das ganze Hotel zusammen!«

Der Bullige machte eine rasche Bewegung, und plötzlich lag ein Revolver in seiner Hand, dessen Mündung auf Eva gerichtet war. »Das wirst du ganz schön bleibenlassen!«

Eva ließ sich nicht einschüchtern. »Quatsch«, erklärte sie, »Sie werden bestimmt nicht schießen.«

»Glaubst du?«

»Ja.« Eva wußte selber nicht, woher sie den Mut nahm. »Sie sind doch kein Idiot. Das Hotel ist voller Menschen. Nebenan arbeiten die Stubenmädchen. Sie würden bestimmt nicht unbeobachtet davonkommen. Und was hätten Sie schon davon, mich zu erschießen?«

Erst sagte der Bullige gar nichts, dann grinste er von einem Ohr zum anderen. »Recht hast du.« Er ließ den Revolver verschwinden. »War ja auch nur ein Spaß.«

»Hören Sie auf, mich zu duzen, ich bin kein Kind mehr«, erklärte Eva energisch, »was wollen Sie überhaupt hier? Es ist eine Unverschämtheit von Ihnen, in meinem Koffer herumzuwühlen. Eigentlich sollte ich die Polizei verständigen.«

»Hoppla, Frollein, nun mal langsam mit die jungen Pferde. Ich werde Ihnen das alles sofort erklären . . . aber wollen Sie nicht endlich die Tür zumachen?«

»Ich denke ja nicht daran.« Eva wich vorsichtshalber noch einen Schritt in Richtung Gang zurück.

»Also, das ist so«, sagte der Bullige und steckte sich eine Zigarette an, »Ihr Freund Charly hat sich Sorgen gemacht, weil Sie gestern nacht so plötzlich verschwunden sind ... das war ja auch nicht gerade fein von Ihnen, müssen Sie zugeben! Und weil er keine Zeit hatte, sich selber darum zu kümmern, hat er mich gebeten ... Sie wissen doch, wie so was unter Freunden ist. Der Portier sagte mir, Sie wären auf Ihrem Zimmer, und da bin ich rauf und habe geklopft ... Sie haben sich nicht gemeldet. Da dachte ich, es wäre etwas passiert und bin rein. Das Zimmer war leer. Bloß Ihr Koffer war da. Den habe ich aufgemacht, weil ich dachte, ich könnte irgendwas über Sie herausfinden. Stehlen wollte ich bestimmt nichts.«

»Das«, sagte Eva, »ist das einzige, was ich Ihnen unbesehen glaube. Zu klauen gibt es nämlich bei mir gar nichts. Und da ich annehme, daß Sie sich davon überzeugt haben, werden Sie sicher auch bereit sein, schleunigst zu verduften.«

»Eine Ausdrucksweise haben Sie!« Er sah auf sie herab. »Ts, ts, ts ...«

»Also ...« Eva trat auf den Gang hinaus und öffnete die Tür noch weiter.

Der Bullige schob die Schlägermütze zurück und kratzte sich auf dem Kopf. »Und was soll ich nun Ihrem Freund Charly sagen?«

»Daß ich auf seine Freundschaft nicht den geringsten Wert lege!«

»Wird er aber gar nicht gerne hören«, brummte der Bullige.

»Das ist mir völlig schnuppe.«

»Ich an Ihrer Stelle würde dem Jungen doch noch mal eine Chance geben ...«

»Nein, das wäre sinnlos. Außerdem bleibe ich gar nicht

in Hamburg. Ich habe eine Stellung gefunden und fliege mit meinem Chef nach London.«

»Aber bis dahin . . .«

»Ich fliege morgen!«

»Tja dann.« Endlich machte der Bullige Anstalten zu gehen. »Nichts für ungut, Frollein. Ich wünsche Ihnen eine gute Reise.«

Eva trat ganz auf den Gang hinaus, um ihn vorbeizulassen. Aber er machte keine Anstalten, tätlich zu werden, sondern tippte im Vorbeigehen nur kurz an seine Mütze und verschwand dann in Richtung Hintertreppe.

Sie ging in ihr Zimmer, schloß die Tür hinter sich ab und schob den Riegel vor.

Die Knie wurden ihr weich, und sie ließ sich auf das Bett sinken. Die Gewißheit, daß Charlys Absichten alles andere als gut gewesen waren, hatte sich durch die Begegnung mit dem Bulligen noch verstärkt. Ein Glück, daß sie morgen nicht mehr hier sein würde und vor ihm sicher war.

Eva richtete ihr verschmiertes Augen-Make-up und kühlte sich das Gesicht, bevor sie wieder in die Halle und zu Dirk Jost hinuntereilte.

Sie überlegte, ob sie ihm das Abenteuer der vergangenen Nacht und die Begegnung mit dem Bulligen erzählen sollte. Es hätte ihr unendlich gutgetan, sich bei jemandem auszusprechen. Aber dann verzichtete sie doch darauf.

Es war schon schlimm genug, daß sie keine Lohnsteuerkarte hatte. Wenn Dirk Jost von ihren anderen Schwierigkeiten erfuhr, würde er bestimmt keine Lust mehr haben, sie mitzunehmen.

Am Spätnachmittag des nächsten Tages trafen Eva und Dirk Jost in London ein. Schon der weltstädtische Flughafen machte großen Eindruck auf Eva, aber als sie dann durch den Lichterglanz der Innenstadt fuhren, war sie wie berauscht.

Sie stiegen im vornehmen Regent-Hotel nahe dem Trafalgar Square ab. Das Zimmer, das Eva zugewiesen bekam, war zwar ziemlich bescheiden, und das Fenster zeigte zum Hof hinaus, aber was machte das schon – sie war in London!

Sie war noch beim Auspacken, als ihr junger Chef sie anrief und sie einlud, mit ihm zum Essen nach Soho zu fahren.

»O fein«, rief sie, »aber was soll ich da anziehen?«

»Was käme denn in Frage?«

»Eigentlich habe ich gar nichts ... außer dem Kleid, Hosen, Pullover und dem Regenmantel«, gestand sie.

»Auch das noch! Das arme Kind hat nichts anzuziehen! Da muß ich Sie wohl schleunigst neu einkleiden!«

Eva war überglücklich. Eins, zwei, drei hatte sie ihre wenigen Sachen im Schrank untergebracht. Sie wollte den Koffer schon zuklappen, als sie sah, daß das Futter an der Seite beschädigt war. Sie steckte den Finger in die offene Naht und – zog ein schmales Briefchen heraus, das mit irgend etwas gefüllt war.

Sie hatte den Umschlag nie zuvor gesehen und öffnete ihn. Er enthielt ein schneeweißes Pulver.

12

Für Sekunden war Eva völlig fassungslos; sie begriff gar nichts. Was war das für ein komisches Pulver? Und wie kam es in ihren Koffer?

Sie schnupperte daran. Es roch süßlich. Aber das sagte ihr auch nichts. Sie dachte angestrengt nach und kam zu dem Schluß, daß es sich um eine Schmuggelware handeln mußte — Rauschgift.

Eva kannte Hasch, aber mehr auch nicht, abgesehen von der einen Opium-Zigarette, die Charly ihr auf der Reeperbahn zu rauchen gegeben hatte. Doch wie mochte Opium unverarbeitet aussehen? Oder war es Heroin, vielleicht sogar LSD, was man da heimlich in das Futter ihres Koffers gesteckt hatte?

Was es eigentlich war, darauf kam es schließlich nicht an. Bestimmt war es etwas Verbotenes.

Das Wichtigste: Warum hatte man es gerade in ihren Koffer getan?

Eva erinnerte sich, daß beim Verlassen des Londoner Flughafens die Inhaber britischer Pässe gesondert kontrolliert worden waren. Sie hatte Dirk Jost nach dem Grund gefragt, und er hatte ihr gesagt, daß der Zoll gegenüber britischen Staatsbürgern wesentlich strenger durchgeführt wird.

War das der Grund? Hatte ein Engländer sie dazu benutzt, Rauschgift einzuschmuggeln? Oder stand etwa eine ganze Organisation dahinter?

Eva wurde es heiß und kalt bei dem Gedanken, wie leicht sie selber damit hätte erwischt werden können — und dann ade, du goldene Freiheit, aus der Traum vom weltweiten Reisen!

Sie sprang auf, den Umschlag in der Hand, lief zum Waschbecken, ließ das Wasser laufen und wollte das geheimnisvolle Pulver wegspülen — aber dann tat sie es doch nicht. Nein, das war doch nicht das Richtige. Womöglich stellte das Pulver einen großen Wert dar — oder sie vernichtete damit ein wichtiges Beweismittel.

Noch stand sie unschlüssig da, als das Telefon klingelte.

Eva lief hin, nahm den Hörer ab und meldete sich.

Dirk Jost rief aus der Hotelhalle an. »Fräulein Karlson, wo stecken Sie denn? Haben Sie ganz vergessen, daß ich auf Sie warte?«

»Oh, nein, ich . . . ich komme sofort!«

Eva kniff den Umschlag wieder zu und stopfte ihn in Regines weiße Lackledertasche, drehte das Wasser ab und verließ hastig das Zimmer.

Die Kings Road war ein Traum. In den hell erleuchteten Schaufenstern häuften sich die schicksten und poppigsten Sachen, nicht nur Kleider, sondern auch Poster, supermoderne Möbel und Krimskrams. Aus unzähligen Lautsprechern drang Pop- und Soul-Musik, und junge Leute schoben sich, einzeln, in Paaren oder in Gruppen, über die Straße, die den Mittelpunkt ihrer Welt bedeutete.

Eva hätte nicht geglaubt, dies alles einmal selbst erleben zu dürfen. Trotzdem war ihre Begeisterung gedämpft. Der weiße Umschlag in ihrer Tasche verdarb ihr die ganze Freude.

Dirk Jost kaufte ihr ein geblümtes Maxikleid im Großmutterstil, einen Samtmantel, zwei Paar Hot pants mit dazu passenden Oberteilen, zwei Pullover, lange Schnürstiefel und eine Ballonmütze aus Wildleder.

Doch Eva wurde nicht froher dadurch, im Gegenteil, mit jedem Stück, das ihr junger Chef für sie kaufte, wurde sie trauriger und stiller.

»He, was ist los mit Ihnen, Gina?« fragte er endlich. »So still kenne ich Sie ja gar nicht! Wo bleibt Ihr sonstiges Temperament?«

Sie zwang sich ein Lächeln ab. »Entschuldigen Sie, bitte!«

»Kommt ja gar nicht in Frage; so einfach geht das nun doch nicht! Sagt Ihnen etwa mein Geschmack nicht zu?«

»Oh, doch, ja, natürlich . . .« Eva strich über ihren Samtmantel, den sie gleich anbehalten hatte. »Alles ist herrlich, vielen, vielen Dank.«

»Warum sagen Sie das mit so einer Totengräberstimme?«

»Es ist nur . . .« Sie holte tief Luft. »Sie dürfen mich nicht so verwöhnen, Herr Jost!«

Jemand puffte sie in den Rücken, und sie flog in seine Arme. Er hielt sie ganz fest.

»Und warum nicht, wenn ich fragen darf?«

»So viel Geld . . .«

»Nun seien Sie nicht albern, Gina! Das bezahle nicht ich, sondern ›Round The World‹. Dafür bekommen Sie ja kein Gehalt.«

Sie löste sich von ihm. »Ja, schon«, sagte sie und bemühte sich, dem Blick seiner lachenden braunen Augen auszuweichen, »aber es . . . ich habe das doch gar nicht verdient.«

»Noch nicht, wollten Sie wohl sagen. Ab morgen wird gearbeitet, daß die Funken stieben.« Plötzlich wurde er ernst. »Oder fürchten Sie etwa, ich könnte Sie wegen dieser Einkäufe irgendwie ausnützen?«

»Nein, nein, natürlich nicht«, versicherte sie hastig.

Aber er hörte ihr gar nicht zu. »Dann müßte ich Ihnen nämlich sagen, daß ich es noch niemals nötig gehabt habe, auf ein Mädchen mit Geschenken Eindruck zu machen . . . Oder sehe ich etwa so aus?« Er legte ihr die Hand unter das Kinn und zwang sie, ihn anzublicken. Dann nahm er zärtlich ihren Kopf in seine Hände und küßte sie ganz sanft auf den Mund. Und Eva erwiderte seinen Kuß und fand es wunderbar.

»Ach, Herr Jost«, platzte sie heraus, als er sie wieder freigab, »Sie sehen so aus, als wenn Sie an jedem Finger zehn Freundinnen haben könnten!«

Er lachte. »Das ist nun auch wieder übertrieben. Doch ich hoffe sehr, daß Sie mir keinerlei böse Absichten zutrauen?«

»Das habe ich nie getan.« Sie malte mit der Spitze ihrer neuen Stiefel unsichtbare Kreise auf das Pflaster. »Es ist nur . . . ich habe Angst, daß Sie meinetwegen Schwierigkeiten kriegen könnten . . .«

»Wie das?« Er war ernst geworden.

»Ich . . . ich müßte Ihnen etwas erzählen.«

Sie hatte schwer mit sich gekämpft, und nun, da es heraus war, fühlte sie sich mit einem Mal schon viel besser.

»Gut, dann bringen wir jetzt die Einkäufe ins Hotel und gehen irgendwohin, wo wir in Ruhe miteinander sprechen können. Kennen Sie das ›Escalade‹?«

Jetzt konnte sie schon wieder lachen. »Ich bin das erste Mal in London!«

»Ach ja, das vergesse ich immer wieder.« Er schob seine Hand unter ihren Ellbogen und schob sie vorwärts.

Das ›Escalade‹ gehörte auch zum ›Swinging London‹, ein mehrstöckiges Ladengeschäft mit Restaurationsbetrieb, das bis tief in die Nacht geöffnet blieb. Auch hier drang laute Musik aus vielen Lautsprechern. Eva und Dirk Jost erwischten einen Tisch an dem bis zum Boden reichenden Fenster im ersten Stock, von dem aus sie das Getriebe auf der Brompton Road beobachten konnten. Aber beide schenkten ihrer Umgebung keine Aufmerksamkeit.

»Also, was ist?« fragte er, nachdem er für sie beide das Essen bestellt hatte, Roastbeef mit Apfelsoße, Guiness-Bier und für Eva Ginger Ale.

Eva öffnete die Lacklédertasche und reichte ihm den Umschlag mit dem weißen Pulver über den Tisch. »Das hier. Ich habe es in meinem Koffer gefunden. Das Futter war an einer Stelle aufgetrennt, da steckte es drin.«

Er roch daran, mit gerunzelter Stirn. »Und jetzt brauchen Sie Hilfe?«

»Nein«, erwiderte sie, »ich bin schon mit ganz anderen Sachen fertig geworden. Es wäre mir nur schrecklich, wenn Sie in etwas hineingezogen würden, Herr Jost.«

Er sah sie überrascht an. »Im Ernst? Macht Ihnen das zu schaffen, Gina?«

»Ja. Es wäre mir furchtbar. Sie sind so gut zu mir und . . .« Sie schluckte.

»Ich habe Ihnen so schöne Kleider gekauft!« ergänzte er.

»Ja.« Sie hatte etwas ganz anderes sagen wollen, war jetzt aber froh, daß sie es nicht ausgesprochen hatte.

»Das ist sehr, sehr lieb von Ihnen, Gina.« Er berührte, über den Tisch hinweg, ihre Wange.

Sie hielt ganz still und fragte: »Sie wissen auch nicht, was es sein könnte?«

»Keine Ahnung. Können Sie sich vorstellen, wer Ihnen das Zeugs irgendwo untergejubelt haben könnte?«

Sie erzählte ihm von dem Mann, den sie in Hamburg in ihrem Hotelzimmer überrascht hatte — aber kein Wort von Charly, von dem er angeblich war. Ihr ungutes Erlebnis auf der Reeperbahn zu beichten, brachte sie nicht über sich.

»Und Sie kannten den Kerl nicht?« fragte Dirk Jost.

»Ich hatte ihn nie zuvor gesehen!« antwortete sie ehrlich.

»Wußte er denn, daß Sie nach London fliegen?«

Eva errötete über ihre eigene Dummheit, als sie daran dachte, daß sie das dem Bulligen selber unter die Nase gerieben hatte; aber auch das mochte sie nicht zugeben. »Das konnte er leicht herauskriegen«, sagte sie nur.

»Wenn Ihre Theorie stimmt, Gina ... und ich glaube eigentlich daran ... dann wird irgend jemand versuchen, das Pulver bei Ihnen abzuholen. Und damit wird der Fall dann für Sie erledigt sein.«

»Falls sie es nicht bei nächster Gelegenheit noch mal versuchen wollen.«

»Eine nächste Gelegenheit wird es nicht geben. Wir kaufen gleich morgen einen neuen Koffer für Sie mit Sicherheitsschloß«, versprach er, »und Sie werden ihn jedesmal gründlich durchsuchen, bevor Sie ihn zuschließen.«

»Ach ja, so ginge es!« rief sie ganz erleichtert aus.

»Es ginge nicht nur, es geht. Es war sehr richtig, daß Sie mir die Geschichte erzählt haben, Gina ... ich werde von jetzt an auf Sie aufpassen. Es kann Ihnen nichts mehr passieren.«

Nach dem Essen fuhren sie zusammen in das ›Topdog‹, einen Club, in dem eine junge Band neuen Rock spielte. Dirk Jost bestellte eine Flasche Champagner, aber sie kamen kaum zum Trinken, weil sie dauernd auf der Tanzfläche waren.

Eva fühlte sich jetzt in Hochstimmung. Alle ihre Sorgen schienen ihr belanglos, da Dirk Jost sie teilte.

Es war zwei Uhr vorbei, als sie ins Hotel zurückkehrten. Im Lift küßte er sie zum zweitenmal an diesem Tag, und auch diesmal nicht fordernd, sondern nur zärtlich und lieb. Sie schmiegte sich in seine Arme und spürte, daß sie ihn wirklich sehr gern hatte.

Auch als der Lift hielt, ließ er sie nicht los. Plötzlich gab es einen Ruck, und sie fuhren wieder hinunter. Ein alter Herr hatte in der Halle auf den Knopf gedrückt und stieg jetzt zu ihnen. Dirk Jost hatte gerade noch Zeit gehabt, sich Evas Lippenstift abzuwischen.

Der alte Herr stieg im gleichen Stock aus und wünschte ihnen eine gute Nacht.

»Schade«, sagte Dirk Jost leise zu ihr.

Sie verstand sofort, was er meinte. »Halb so wild. Wir werden ja noch oft zusammen sein.«

»Auch wieder wahr. Sehen Sie zu, daß Sie rasch in die Federn kommen. Morgen müssen wir uns in die Arbeit stürzen.« Er hatte sie bis zur Tür ihres Zimmers gebracht. »Ich mache mir ein bißchen Sorgen um Sie, solange Sie das da . . .«, er tippte auf Regines weiße Lackledertasche, ». . . bei sich haben. Schließen Sie Fenster und Türen zu und stellen Sie einen Stuhl unter die Klinke.«

»Wenn ich das Zeug bloß wieder los wäre«, sagte sie unbehaglich.

»Geben Sie es mir!«

Sie stutzte.

»Ja, geben Sie es mir!« wiederholte er. »Ich passe drauf auf, und Sie können ruhig schlafen.«

Es war ihr nicht sehr wohl bei dem Gedanken, daß er das geheimnisvolle Pulver an sich nehmen wollte, aber es gab kaum etwas, das sie ihm an diesem Abend hätte abschlagen können. Schon wollte sie den Umschlag hervorholen, als der alte Herr wieder auf dem Flur erschien und, während er seine Schuhe vor die Türe stellte, zu ihnen hinüberblickte.

Rasch gab Eva ihrem jungen Chef die ganze Tasche. »Da! Bewahren Sie es auf!« Sie stellte sich auf die Zehen und drückte ihm einen zärtlichen kleinen Kuß auf die Nase. »Bis morgen früh, Dirk! Schlafen Sie gut!« Sie schloß die Türe auf und verschwand in ihrem Zimmer.

»Alles in Ordnung?« fragte er besorgt von draußen.

Sie sah sich aufmerksam um; nichts hatte sich verändert, seit sie den Raum verlassen hatte. »Ja. Alles okay. Gute Nacht.«

Seine Schritte entfernten sich, und sie war allein. Wie er ihr geraten hatte, prüfte sie, ob die Fenster geschlossen waren, verriegelte die Tür und stellte einen Stuhl mit der Lehne schräg unter die Klinke. So war sie gegen jeden Eindringling gesichert.

Sie ließ sich Zeit mit dem Zubettgehen, wusch sich gründlich, schminkte sich ab, cremte sich ein und bewunderte noch einmal ihre neuen Sachen. Sie fühlte sich überhaupt nicht müde. Wenn sie an Dirk Jost dachte, prickelte ihr das Blut in den Adern, und ihr Herz schlug einen rasenden Trommelwirbel.

Aber als sie dann endlich in ihrem Bett lag, war sie doch in wenigen Minuten eingeschlafen. Es war eben doch ein langer und anstrengender Tag für sie gewesen. Und sehr aufregend.

Die Glocke von Big Ben schlug vier Uhr, als gegen Evas Tür geklopft wurde. Mitten aus dem Schlummer gerissen fuhr sie erschrocken hoch.

»Open the door!« befahl eine Männerstimme. »Police!«

Eva schnappte nach Luft. Polizei! War es möglich, daß Dirk sie verraten hatte? War er mit dem Pulver zur Polizei gegangen? Aber bestimmt hatte er dann auch erzählt, wie sie ganz ohne ihre Schuld an das Rauschgift gekommen war.

Noch war es stockdunkel. Sie knipste die Nachttischlampe an, sprang aus dem Bett, zog im Vorbeigehen ihren neuen, bodenlangen Mantel über das Nachthemd und öffnete barfüßig die Türe.

Zwei Männer drängten herein; sie waren in Zivil, trugen Regenmäntel und Hüte. Der eine nahm mit dem Rücken zur Tür Aufstellung, der andere riß Evas Koffer vom Schrank, durchsuchte ihn und fand die Stelle mit dem zerrissenen Futter, dort wo der Umschlag gesteckt hatte.

Beide bestürmten Eva mit Fragen, die sie im einzelnen nicht verstand, da ihre Englischkenntnisse in diesem aufregenden Moment wie weggeschwemmt waren, die sie aber trotzdem dem Sinn nach ohne Schwierigkeiten zu deuten wußte. Der eine, der kleinere der beiden Männer, bohrte mit dem Zeigefinger in dem Futterloch herum, und so liefen seine Fragen wohl darauf hinaus, wo sich der Umschlag mit dem Pulver inzwischen befand.

Eva fiel ein Stein vom Herzen. Also hatte Dirk sie doch nicht verraten – er war nicht hinter ihrem Rücken zur Polizei gegangen, denn sonst müßten die beiden Männer das Zeug doch schon haben.

Unter diesen Umständen dachte sie nicht daran, ihnen auf die Nase zu binden, daß er es samt ihrer Handtasche hatte, sondern zog es vor, sich erst mal dumm zu stellen. »Ich verstehe nicht«, wiederholte sie immer wieder. »I don't understand!«

Auch als der Mann an der Tür sie aufforderte, mitzukommen, versuchte sie diese Methode anzuwenden. Aber das half nichts. Der Kleinere riß ihre Kleider aus dem Schrank, stopfte sie in den Koffer und warf Eva ein Paar Schuhe zu.

»Aber so kann ich doch nicht auf die Straße!« rief Eva. »Ich muß mir doch wenigstens was anziehen!« Sie wollte nach ihrem alten Kleid greifen.

Brutal riß es ihr der Mann aus der Hand. »No!«

Ganz verdattert gehorchte Eva, schlüpfte mit nackten Füßen in die Schuhe und knöpfte sich den Mantel zu. Die Männer stießen sie auf den Gang hinaus und dirigierten sie in die dem Lift entgegengesetzte Richtung auf die Hintertreppe zu und hinunter. Einer trug ihren Koffer.

Im Hof stand ein schwarzer Rover.

Eva fiel auf, daß er durch nichts als ein Polizeifahrzeug gekennzeichnet war, und es kamen ihr Zweifel an der Echtheit der beiden Polizisten.

Sie wollte schreien — aber da legte sich ihr eine Pranke auf den Mund, und sie wurde rauh in das Auto hineingestoßen.

13

Eva wehrte sich mit Leibeskräften. Stieß um sich, trat und kratzte. Aber es half nichts. Sie spürte, wie rauhe Hände ihr das Nachthemd hochstreiften und dann einen kurzen, scharfen Schmerz. Man hatte ihr eine Spritze in den Oberschenkel gejagt. Und dann merkte sie nur noch, daß der Motor angelassen wurde und das Auto rückwärts aus dem Hof hinausschoß.

Es wurde dunkel vor ihren Augen, Arme und Beine gehorchten ihr nicht mehr, und sie verlor das Bewußtsein.

Als Eva wieder zu sich kam, fror sie fürchterlich.

Im ersten Augenblick glaubte sie, zu Hause in Düsseldorf in ihrem Bett zu liegen. Sie hatte wunderbar geschlafen und einen herrlichen Traum gehabt, aber erinnern konnte sie sich nicht mehr an ihn.

»Mutti!« rief sie. »Mutti!«

Sie bekam keine Antwort.

Warum war es so dunkel im Zimmer? Sie konnte nicht die Hand vor den Augen sehen. Dabei zog sie die Vorhänge doch abends nie ganz zu, damit ein Lichtschein hereinfiel.

Auch das Laken fühlte sich anders an, als sie es gewohnt war, es war kalt, klamm und rauh. Und sie war nackt. Das war das Sonderbarste. Sie ging doch nie nackt zu Bett.

Plötzlich kam die Erinnerung wieder zurück.

Eva fuhr hoch und hielt sich die dünne Decke vor die Brust. Wo war sie wirklich? Wie lange war sie ohne Bewußtsein gewesen? Und was hatte man überhaupt mit ihr vor?

Nur eins war ihr ganz klar: Die Kerle, die sie aus dem Hotel geholt und in den schwarzen Rover geschleppt hatten, waren nie Polizisten gewesen.

Wie hatte sie nur so dumm sein können, sie mitten in der Nacht in ihr Zimmer zu lassen?

Man hatte sie entführt. Aber warum? Ging es den Kerlen darum, das Rauschgift wieder zu kriegen, das sie in ihrem Koffer versteckt hatten? Aber dann hätten sie doch nicht zu kommen brauchen, wenn sie selber im Zimmer war. Viel einfacher wäre es gewesen, ihr Zimmer und ihre Sachen in ihrer Abwesenheit zu durchsuchen.

Eva biß sich auf die Lippen und dachte angestrengt nach. Doch sie konnte keine Klarheit über ihre Situation gewinnen.

Sie schauderte vor Kälte, und jetzt wurde ihr auch noch übel.

Ihre Hand tastete zum Nachttisch — vergeblich, rechts und links neben dem Bett war nichts. Sollte sie aufstehen und in der Finsternis nach einem Lichtschalter suchen? Sie streckte den Fuß aus und berührte den Boden — aber der war so eisig kalt, daß sie zurückzuckte.

Angst überfiel sie, eine grauenhafte Angst vor dem Unbekannten. Ein Schrei stieg ihr in der Kehle auf. »Hilfe!« schrie sie. »Hilfe!«

Von einer Sekunde zur anderen wurde das Zimmer in grelles Licht getaucht. Eva mußte die Augen schließen. Als sie sie dann wieder öffnete, stand ein Mann in der Tür, den sie kannte: Charly. Er hatte ihr in Hamburg die Reeperbahn gezeigt.

Er stand, mit der Schulter gegen den Türrahmen gelehnt und grinste sie an; aber der Blick seiner grauen Augen war ohne Gefühl und eiskalt.

Doch Eva war in diesem Augenblick nur glücklich, endlich dem Dunkel entkommen zu sein und ein bekanntes Gesicht vor sich zu sehen.

»Oh, Charly, Charly«, rief sie, »daß Sie hier sind!«

Er kam langsam näher. »Kleine Überraschung, wie?«

»Bitte, Charly, helfen Sie mir hier raus! Sagen Sie den Kerlen, daß ich das Rauschgift wirklich nicht mehr habe! Ich . . . ich habe es ins Waschbecken geschüttet, ich . . . ich wußte nicht, was ich damit anfangen sollte, und ich hatte Angst!« Eva sah ihn flehend an.

»Wenn du mir auf St. Pauli nicht ausgerissen wärst, wäre dir das alles nicht passiert.«

Eva fühlte sich ihm ausgeliefert und wagte nicht, ihm zu widersprechen. »Das kann schon sein«, sagte sie, aber ... mir war einfach übel und deshalb ... bitte, Charly, könnten Sie nicht dafür sorgen, daß ich was anzuziehen bekomme? Und Hunger habe ich auch!«

»Aber sicher. Du kriegst alles, was dein Herz begehrt. Deine Kleider und ein schönes saftiges Steak ... möchtest du das?«

»Ich möchte hier raus!« sagte Eva ängstlich.

Seit das Licht brannte, eine riesige, sehr starke Glühbirne, die ohne Schirm von der Decke baumelte, hatte sie Gelegenheit, sich in ihrem Gefängnis umzusehen; es enthielt nichts als das Bett, in dem sie saß. Der Fußboden war aus grauem Zement und die Wände naß und verschimmelt. Hinter dem einzigen Fenster herrschte pechschwarze Finsternis.

»Gefällt es dir hier nicht?« fragte er grinsend.

»Es ist schauderhaft.«

Er setzte sich auf die Kante des Bettes. »Wenn du schön brav bist, Kleine, bringe ich dich noch heute in ein viel gemütlicheres Quartier.«

Sie rutschte ein Stückchen von ihm weg. »Ich will sofort zurück ins Hotel.«

»Auch darüber können wir sprechen, aber erst mußt du ...«

Eva spielte ihren letzten Trumpf aus. »Mein Chef wird mich suchen!«

Charly zog die Lippen zurück wie ein Pferd, das gleich anfängt zu wiehern. »So? Wird er das?«

»Er wird sich an Scotland Yard wenden!« behauptete Eva, aber bei dem bloßen Gedanken daran wurde ihr noch elender: Wenn Dirk Jost wirklich zur Polizei ging, würde sich wahrscheinlich herausstellen, daß sie sich die Papiere einer Toten angeeignet hatte. Nein, bloß das nicht, wenigstens so lange nicht, bis noch die geringste Chance bestand, daß sie sich aus eigenen Kräften aus der verfahrenen Situation befreien konnte.

Charly beobachtete, wie sie die Farbe wechselte, aber er zog einen falschen Schluß aus ihrer Unruhe. »Das ist doch Quatsch, und du weißt es selber«, sagte er grob. »Warum sollte er dich suchen? Für ihn liegt der Fall bestimmt sonnenklar. Du bist im Swinging London untergetaucht.«

»Nein!« sagte Eva entsetzt.

»Aber ja doch. Das muß er denken. Ich habe mir erlaubt, deine Klamotten einer Prüfung zu unterziehen. Dafür, daß du nur eine Nacht mit ihm in London zusammen warst, hast du ganz schön abgesahnt, das muß dir der Neid lassen.«

»Nein, das habe ich nicht ... ich wollte nicht, er hat sie mir aufgedrängt.«

»Na, fabelhaft ... und du hast es dir aufdrängen lassen! Mach dir doch nichts vor, Mädchen, du weißt ganz genau, was er gedacht hat, als du plötzlich verschwunden warst.«

Eva beugte sich vor. »Wann hat er das entdeckt?«

»Das möchtest du wohl gerne wissen?«

»Wie lange bin ich eigentlich schon hier in diesem Zimmer?«

»Fehlanzeige«, sagte er kalt, »ich bin es, der hier die Fragen stellt. Wo ist dein Paß?«

»In meiner Handtasche.« Eva dachte fieberhaft nach, um sich eine glaubhafte Lüge auszudenken; auf keinen Fall wollte sie, daß die Gangster sich auch noch an Dirk

Jost, dem sie die Tasche mit dem Rauschgift zur Aufbewahrung gegeben hatte, heranmachten. »Und die habe ich verloren . . .«

»Lüg nicht!« Blitzschnell holte Charly aus und schlug ihr mit der flachen Hand ins Gesicht.

Tränen des Schmerzes und der Wut stiegen in Evas Augen, aber sie ließ sich nicht einschüchtern. »Es ist die Wahrheit!« schrie sie. »Ich habe sie nachts im Taxi liegenlassen . . . ich habe mich schon genug darüber geärgert! Und was fällt Ihnen überhaupt ein, mich zu schlagen?!«

Charly schien diese Erklärung zu schlucken. »Na, nun beruhige dich mal«, sagte er und griff unter die Decke.

»Fassen Sie mich nicht an!« fauchte Eva.

Er tat erstaunt. »Hatten wir nicht ausgemacht, daß du brav sein wolltest?!«

»Wenn Sie das unter brav sein verstehen . . . nein!«

»Ganz wie du willst. Wenn es dir hier so gut gefällt . . . bitte. Ich kann warten.« Er ging zur Tür zurück.

»Charly!« schrie sie.

»Ja?« Er drehte sich um.

»Lassen Sie mich nicht allein!«

»Was bleibt mir anderes übrig?« Er zuckte die Schultern. »Nachdem ich festgestellt habe, daß ich nicht dein Typ bin, werde ich mich eben nach einem jungen Mann umsehen müssen, der dir besser gefällt!«

Schon knallte er die Tür hinter sich zu, und fast gleichzeitig verlosch das Licht.

Zum erstenmal bereute Eva, ihre Familie verlassen und das Abenteuer gesucht zu haben. Sie fühlte sich hilflos und verlassen. Am liebsten hätte sie nach ihrer Mutter geweint, aber sie nahm sich zusammen, weil sie wußte, daß es sinnlos gewesen wäre.

Es gab für sie nur einen einzigen Trost: Dirk Jost

würde nicht glauben, daß sie ihn freiwillig verlassen hatte. Wenn sie das vorgehabt hätte, würde sie ihm doch nicht ihre Tasche mit ihrem Ausweis zur Aufbewahrung gegeben haben. Nein, er würde bestimmt merken, daß etwas faul an ihrem Verschwinden war. Aber würde er ihr helfen können?

Nein, das war unmöglich. Selbst wenn er Scotland Yard alarmierte. In der Acht-Millionen-Stadt würde man sie nicht finden können.

Eva seufzte tief. Aber immerhin würde Dirk Jost nicht schlecht von ihr denken. Sie wunderte sich, wieviel ihr das sogar in dieser aussichtslosen Situation bedeutete.

Doch das änderte nichts an der Tatsache, daß sie ganz auf sich allein gestellt war. Was sollte sie bloß tun, um sich aus dieser Lage zu befreien? Und was hatte Charly vor? Inzwischen war sie sicher, daß er dahintersteckte.

Bestimmt hatte er das alles doch nicht nur deshalb inszeniert, um sie herumzukriegen. Eva unterschätzte sich nicht; sie wußte, daß sie ein hübsches Mädchen war. Sie hielt sich aber keineswegs für so sexy, daß ein Mann nur ihretwegen ein Verbrechen auf sich nehmen würde. Was also sollte das Ganze? Ging es doch um das Rauschgift? Eigentlich komisch, daß Charly kein Wort darüber verloren hatte. Oder wollte er sich rächen, nur weil sie ihm in Hamburg ausgerissen war? Dann mußte er verrückt geworden sein.

Zitternd verkroch sich Eva unter die klamme Decke und zerbrach sich den Kopf. Aber sie kam zu keinem Ergebnis.

Sie wußte auch nicht, wie lange sie so gelegen hatte, als das Licht wieder aufblendete; sie hatte inzwischen jedes Gefühl für Zeit verloren.

Die Tür ging auf, und zwei Männer traten ein, Charly und ein braunhäutiger, schwarzgelockter Junge, der etwas schüchtern schien, denn Charly redete unentwegt auf ihn ein, englisch, aber in einem Dialekt, von dem Eva kein Wort verstand.

Der schwarze Junge lächelte nur dumm und verlegen.

Charly schenkte Eva keinen Blick. Plötzlich sprach er deutsch: »Sie ist jung, sauber, gut gewachsen, noch nicht verbraucht, sie wird dir bestimmt gefallen, Halef!« sagte er.

Er trat an das Bett und zog Eva mit einem Ruck die Decke vom Körper weg.

Eva schrie auf.

Die beiden jungen Männer betrachteten sie wie ein Stück Vieh, das zum Verkauf steht.

»Nett, wie?« fragte Charly.

»Nice«, sagte Halef mit seinem dummen Lächeln, »very nice indeed.«

Mehr geschah nicht. Aber Eva schämte sich fürchterlich, fühlte sich entsetzlich gedemütigt.

Wortlos warf Charly ihr die Decke wieder zu, und die beiden Männer verließen das Zimmer. Diesmal empfand Eva die Dunkelheit fast angenehm.

Zitternd vor Scham und Kälte verkroch sie sich unter die Decke. Was dies auch immer zu bedeuten haben mochte, eines war ihr klargeworden: Sie sollte mürbe gemacht werden. Sie hatte keine Ahnung für was, aber es mußte etwas Ungeheuerliches sein, denn sonst würden sich die ganzen Umstände nicht lohnen.

Lange lag Eva in der feuchtkalten Finsternis, die Tränen rannen ihr über die Wangen, aber sie wollte nicht aufgeben. Sie zerbrach sich den Kopf, um einen Ausweg zu finden. Es fiel ihr nichts Vernünftiges ein.

Sie kam darauf, daß sie immer den kürzeren ziehen würde, solange sie Charly und seinen Kumpanen das

Handeln überließ. Nur wenn sie etwas unternahm, hatte sie eine Chance.

Aber was konnte sie tun?

Endlich kam ihr ein Einfall. Sie setzte sich in dem Bett auf, hüllte sich, so fest es ging, in die Decke und begann zu schreien. Ihre Schreie überschlugen sich und hallten in dem fast leeren Zimmer unheimlich wider.

Sekunden später ging das Licht an, und Charly stürzte herein. »He, was ist los?« brüllte er.

»Ich will hier raus!« schrie Eva so schrill und laut sie konnte. »Ich halte es nicht mehr aus . . . raus will ich!«

Charly hatte seinen Schrecken schon überwunden. »Ach was, das sind nur die Nerven«, sagte er. »Warte, ich gebe dir was zur Beruhigung.«

Er ging wieder hinaus, ließ aber das Licht brennen und kam wenig später, eine aufgezogene Spritze in der Hand, zurück.

Eva schrie immer noch.

»Das wird dir guttun«, sagte er in einem Ton, als wenn er es ganz ehrlich meinte, »hilft gegen Kälte, Hunger, Durst und Angst. Gib mir deinen Arm . . . gleich wirst du dich wunderbar fühlen.«

Einen Atemzug lang empfand Eva tatsächlich so etwas wie eine Versuchung: Es müßte herrlich sein, alle Schrekken und alle Sorgen vergessen zu können, wenn auch nur auf begrenzte Zeit. Sie war drauf und dran, Charly den Arm hinzuhalten.

Aber dann siegten ihre Vernunft und ihr Freiheitsdrang. Sie wollte nicht zum willigen und widerstandslosen Werkzeug für Charly und seine Komplicen werden. Sie wollte sich nicht unterkriegen lassen. Und wer wußte schon, was die mit ihr vorhatten. Nein, sie wollte sich nicht unterkriegen lassen. Sie mußte handeln.

Diesmal holte sie blitzschnell aus und schlug Charly die Spritze aus der Hand. Sie zerbrach auf dem Zementboden.

Charlys hageres Gesicht verfärbte sich vor Wut, und er knallte Eva den Handrücken auf die Nase. »Du Biest! Das hat man nun von seiner Güte!«

Eva fing wieder an zu schreien.

»Halt das Maul, sonst vertrimm ich dich, bist du windelweich bist! Keinen Laut mehr!«

Eva verstummte.

»Jetzt kannst du lange warten, bis ich mich noch einmal um dich kümmere«, drohte er und ging zur Tür. »Du kannst so lange im eigenen Saft schmoren, bis du auf allen vieren vor mir bettelst, daß ich nett zu dir bin.«

Ehe das Licht ausging, sah Eva noch, daß Blut aus ihrer Nase tropfte.

Als Eva allein war, brauchte sie nicht lange zu überlegen. Sie wußte, was sie zu tun hatte. Es gab nur eine einzige Möglichkeit.

Auf nackten Füßen lief sie über den naßkalten Zementboden zu der Stelle, wo sie das Fenster gesehen hatte. Sie ertastete es, fand den Griff, drehte ihn um, und — es war wie ein Wunder — das Fenster ging auf.

Aber immer noch fiel kein Lichtschimmer in das Zimmer.

Eva stieß hinter dem Fenster auf einen Widerstand, der umfiel; dahinter wurde es hell. Das Patent war kindisch einfach: Die Gangster hatten das Fenster von außen mit schwarzer Pappe verkleidet. Es führte in einen Lichtschacht, der oben mit einem Eisengitter bedeckt war. Eva stieg in den Schacht und stemmte sich mit aller Kraft dagegen.

Dann wagte sie kaum, ihrem Glück zu trauen. Das Gitter ließ sich umklappen.

Eva sprang in das Zimmer zurück, riß das Laken vom Bett, drapierte es wie eine Toga um sich und kletterte durch den Schacht nach oben.

Draußen war heller Tag ...

14

Als Eva sich aufrichten wollte, blieb das Bettlaken, mit dem sie sich umhüllt hatte, hängen. Es hatte sich zwischen dem Schacht und dem verrosteten Gitter verklemmt. Eva zog und zerrte daran. Plötzlich war sie von der panischen Angst befallen, daß ihre Flucht, kaum daß sie begonnen hatte, schon zu Ende sein sollte. Aber dann gab es ein unangenehm ratschendes Geräusch, das morsche Tuch war eingerissen, und Eva konnte sich erheben.

Sie rannte durch den kümmerlichen Vorgarten, und erst auf der Straße wagte sie sich nach dem Haus umzusehen, in dessen Keller sie gefangengehalten worden war. Schmalbrüstig und einstöckig, die Haustür rechts, ein Erker links, unterschied es sich nur durch den abgebröckelten Putz von den Nachbargebäuden. Das Haus wirkte nicht unheimlich, sondern nur verwahrlost. Die Gardinen hinter den Erkerfenstern waren schmutzig grau.

Eva nahm diesen Eindruck im Bruchteil einer Sekunde auf, ohne dabei stehenzubleiben. Sie wollte so rasch wie möglich aus der Gefahrenzone herauskommen, ehe Charly oder einer der Männer ihre Flucht entdeckten.

Natürlich hatte sie keine Ahnung, in welchem Teil von

London sie sich befand und in welche Richtung sie laufen mußte. Am liebsten wäre sie gerannt, wagte es aber nicht, um kein unnötiges Aufsehen zu erregen.

Sie paßte sich dem Strom der Passanten an, die merkwürdigerweise überhaupt keine Notiz von ihr nahmen. Dabei war Eva sich bewußt, daß sie auffällig genug aussah: Ein Mädchen, das barfuß, nur mit einem zerrissenen Bettlaken bekleidet, durch eine belebte Straße eilte.

Aber anscheinend dachten sich die Londoner, die es gewöhnt waren, den abenteuerlichsten Gestalten zu begegnen, nichts bei ihrem Anblick. Sie nahmen sie gar nicht wahr oder ließen sich ihre Verwunderung nicht anmerken. Gerade das erweckte in Eva ein Gefühl von Unwirklichkeit. Sie glaubte fast, sich in einem Traum zu bewegen.

Dazu kam, daß die Häuser, an denen sie vorbeilief, einander immer noch wie ein Ei dem anderen glichen.

Im Vorbeigehen las Eva ein Straßenschild: ›Ugly-Road‹, aber auch das half ihr nicht weiter. Sie warf einen Blick zurück, ohne ein bekanntes Gesicht zu entdecken; es sah nicht so aus, als wenn sie verfolgt würde, und das war eine gewisse Beruhigung. Und dennoch: Sie konnte doch nicht einfach so weitergehen, ohne zu wissen, in welche Richtung sie lief.

Sie mußte zum Stadtzentrum, das war klar. Das Regent-Hotel lag beim Trafalgar Square. Aber wie weit mochte sie wohl davon entfernt sein?

Ein Polizist in dunkelblauer Uniform kam ihr entgegen.

Unwillkürlich suchte Eva Deckung hinter einer dicken Frau mit einer Einkaufstasche, um nicht die Aufmerksamkeit des Bobbys auf sich zu lenken.

Noch vor kurzem, im Keller gefangen und gedemütigt, hatte sie davon geträumt, von der Polizei befreit zu werden. Jetzt aber, da sie sich, trotz der heiklen Situation, in keiner unmittelbaren Gefahr mehr befand, wollte sie keinesfalls aufgegriffen werden. Sie fühlte, daß sie im Moment viel zu schwach war, um einem Verhör standzuhalten. Sie wäre, sobald man sie in die Zange nahm, mit der ganzen Wahrheit herausgeplatzt. Aber das wollte sie nicht. Auch jetzt noch, als sie – hungrig, durstig und kaum bekleidet – durch die riesige wildfremde Stadt irrte, war sie nicht bereit, ihren Plan aufzugeben.

Der Bobby schlenderte weiter, ohne Eva zu beachten. Erst nachträglich fiel ihr ein, daß sie ihn nach dem Weg hätte fragen können – aber nein, das hätte sie nie gewagt, so viel Frechheit besaß sie nun doch nicht.

Aber jemanden fragen mußte sie, soviel war sicher. Sie konnte nicht länger aufs Geratewohl drauf loshasten.

Sie hatte die dicke Frau mit der Einkaufstasche inzwischen überholt. Jetzt drehte sie sich zu ihr um und stellte fest, daß sie ein vertrauenswürdiges, freundliches Gesicht hatte.

Eva nahm sich ein Herz, blieb stehen und sagte: »Excuse me, please . . .«

Doch die Frau fühlte sich nicht angesprochen und ging weiter. »Please, excuse me . . .«, wiederholte Eva lauter.

Jetzt wurde die Frau aufmerksam und sah sie an.

»Please, where is Trafalgar Square?« fragte Eva.

Endlich begriff die Frau. Mit einem Wortschwall, den Eva nicht verstand, wies sie genau in die Richtung, aus der Eva gekommen war – sie war also falsch gegangen.

»Thank you«, stammelte Eva und blieb stehen.

Unmöglich konnte sie die Straße zurücklaufen, vorbei an dem Haus, in dessen Keller sie gefangengehalten worden war. Ein solches Risiko einzugehen, wäre Wahnsinn gewesen. Also was dann?

Eva dachte blitzschnell nach. Es blieb ihr nur eine Möglichkeit: weiterzugehen, an der nächsten Querstraße abzubiegen und nach einem Block, besser noch nach dem zweiten, zurückzukehren.

Aber die dicke Frau mit der Einkaufstasche hatte sie beobachtet. Sie blickte sich nach ihr um und zeigte nachdrücklich immer wieder in die andere Richtung. Durch ein Lächeln versuchte Eva ihr zu zeigen, daß sie wohl verstanden hatte, und war froh, als die Frau endlich weiterging und sie in Ruhe ließ.

Obwohl sie eigentlich gar keinen Grund hatte, fühlte sie sich plötzlich der Verzweiflung nahe. Die Situation schien ihr so aussichtslos. Nie, nie, nie würde sie das Hotel erreichen.

Selbst wenn sie eine Station der roten Doppeldecker-Busse oder einen Untergrund-Bahnhof fand—was konnte ihr das nützen? Sie hatte ja keinen Penny bei sich. Unmöglich konnte sie sich hinstellen und wildfremde Menschen anbetteln. Und doch – was blieb ihr anderes übrig?

Schon schöpfte sie wieder neuen Mut. Wenn sie einen Untergrund-Bahnhof fand, würde sie schon halb gerettet sein, denn dort konnte sie auf alle Fälle anhand des Liniennetzes und der Station feststellen, wo sie sich befand und wie weit es bis zur Stadtmitte war.

Eva sah sich unter den Passanten um und überlegte, wen sie am besten nach der nächsten Untergrundstation fragen sollte – da näherte sich die Rettung: ein Taxi.

Sie sprang zum Rande des Bürgersteiges und wedelte so wild mit der Hand, daß sich beinahe ihre zusammengeknotete Toga gelöst und Eva im Freien gestanden hätte.

Das Taxi hielt. Eva lief hin, riß die Türe auf und warf sich auf den Rücksitz.

Gerettet! dachte sie, während sie dem Fahrer ihr Hotel nannte und das Taxi losfuhr.

Das wunderbare Gefühl von Sicherheit dauerte für Eva kaum zwanzig Minuten. Dann begann sie ungeduldig zu werden. Der Fahrer schien sie kreuz und quer durch die Stadt zu fahren, und immer gab es links und rechts nichts anderes als einförmige Vorstadthäuser. Noch immer schien sie von der City so weit entfernt zu sein wie vorher. Schon brannten die Laternen, und immer war Eva die Gegend noch ganz unbekannt.

Etwa zehn Minuten hielt sie es aus – sie hatte keine Uhr mehr und konnte die Zeit nur schätzen –, dann beugte sie sich vor und klopfte gegen die Trennscheibe. »The Regent-Hotel, please«, wiederholte sie.

Der Fahrer reagierte überhaupt nicht. Was hatte der Mann mit ihr vor? Er hatte sie beim Einsteigen nicht besonders beachtet. Hatte er trotzdem erkannt, daß sie keine Tasche bei sich und somit weder Geld noch Papiere hatte? Wollte auch er sie verschleppen? Oder sie zu Scotland Yard bringen?

Eva war nahe daran, die Tür aufzureißen und abzuspringen.

Aber genau da sah sie das Denkmal Nelsons vor sich, die hohe Säule mit der Kolossalstatue des Admirals, daneben die Fontänen der Brunnen: Trafalgar Square.

Jetzt endlich durfte sie aufatmen, aber gleichzeitig tauchte ein neues Problem auf: Wie sollte sie dem Fahrer beibringen, daß sie ihn nicht bezahlen konnte? Der Taxameter zeigte die stolze Summe von fünf Pfund und 75 Pence an.

Kaum hielt das Auto, da öffnete Eva die Tür und rief dem Fahrer zu: »Please, wait a minute!« Sie lief an einem erstarrten Türvorsteher vorbei durch die schimmernde gläserne Drehtüre in das Foyer des Hotels, ohne über den Eindruck nachzudenken, den sie in ihrem sonderbaren Aufzug in dieser eleganten Umgebung machen mußte.

Der Fahrer hatte sich nicht abschütteln lassen und rannte hinter ihr her. So war es für Eva nicht allzu schwer, dem Portier klarzumachen, wofür sie die sechs Pfund brauchte.

Der Portier hörte zu, aber anstatt das Geld herauszurücken, zog er das Telefon ran und nahm den Hörer ab. Noch einmal durchlebte Eva bange Sekunden — wen würde er anrufen? War es etwa die Polizei, an die er sich wendete?

Dann verstand sie, daß er zu »Mister Jost« sprach, und ihr Herz tat einen Luftsprung — Dirk Jost war im Hotel!

Der Portier lauschte, sagte ein paarmal »Yes, Sir«, legte auf und gab dem Taxifahrer das ihm zustehende Geld.

Er hatte die Halle noch nicht verlassen, als sich die Tür des Lifts öffnete und zwei Männer herausstürzten. Eva hatte nur Augen für Dirk Jost, und als sie ihn sah, so frisch und appetitlich, wie aus dem Ei gepellt in seinem weißen Hemd und den korallenroten Jeans, wurde sie sich ihres eigenen abgerissenen Aufzuges erst wieder voll bewußt.

Aber da war er schon bei ihr und riß sie in seine Arme, ohne darauf zu achten, daß sie weiß Gott nicht alleine waren, denn in der Hotelhalle herrschte ein ewiges Kommen und Gehen.

»Gina«, flüsterte er dicht an ihrem Ohr, »liebe, liebe Gina ... daß du wieder da bist! Du ahnst ja nicht, was für Sorgen ich mir deinetwegen gemacht habe!«

Er hielt sie ganz fest, und sekundenlang fühlte sie sich vollkommen geborgen. Dann wurde der Zauber gebrochen. »Vorsicht, Dirk«, mußte sie ihn warnen, »das Laken rutscht . . . und ich habe nichts drunter an!«

Lachend gab er sie frei. Sie wurstelte sich die Toga noch einmal zurecht. Dann begleitete Dirk sie zum Aufzug. Der junge Mann, der mit ihm ausgestiegen war und bis jetzt mit dem Fahrer geredet hatte, schloß sich ihnen an. Er war blond, hochgewachsen und muskulös.

Als der Lift aufwärts fuhr, stellte Dirk Jost ihn Eva vor. »Das ist Frank Miller, ein Privatdetektiv . . . ich habe mich mit ihm in Verbindung gesetzt, als du verschwunden warst. Ich dachte, es wäre dir nicht angenehm gewesen, wenn ich die Polizei verständigt hätte.«

Er sah sie dabei an, und es fiel Eva schwer, seinem Blick standzuhalten. Ganz flüchtig hatte sie den Eindruck, daß er mehr über sie wußte, als sie bisher geahnt hatte.

Frank Miller half ihr aus der Verlegenheit. »Ich bin sozusagen auf Mädchenhandel spezialisiert«, erklärte er.

Eva riß die blauen Augen auf. »Auf . . . was?« fragte sie ungläubig.

»Mädchenhandel«, wiederholte Dirk Jost, »wir haben angenommen, daß du entführt worden bist.«

»Ja, aber . . . das waren doch keine Mädchenhändler! Gibt es denn so was heute überhaupt noch?«

Der Lift blieb stehen, und Frank Miller öffnete die Türen. »Ja«, sagte er und ließ die anderen aussteigen, »es gibt allein in London Hunderte von Mädchen, die zum Sexualverkehr gezwungen werden.«

»Wie kann man das denn?«

Frank Miller lächelte auf sie herab. »Davon wissen Sie sicher inzwischen genausoviel wie wir. Es gibt verschiedene Methoden. Eine besteht zum Beispiel darin, ein Mädchen süchtig zu machen. Dann tut sie für eine Spritze alles, was man von ihr verlangt. Hier in London heißen solche Mädchen ›Battery-Girls‹.«

»Bei der Entführung haben sie mir eine Spritze gegeben, damit ich mich nicht wehre«, berichtete Eva, noch nachträglich schaudernd, »und nachher sollte ich noch mal eine bekommen . . . aber die habe ich ihm aus der Hand geschlagen.«

»Na, da haben wir es ja schon«, sagte Frank Miller.

Dirk Jost hatte vorhin in der Eile sein Zimmer nicht abgeschlossen, und sie gingen jetzt hinein.

»Was sie dir auch immer getan haben«, sagte er, »vergiß es. Du bist jetzt in Sicherheit, Gina.« Er führte Eva zu einem Sessel. Sie ließ sich hineinfallen.

»Ich würde aber doch sehr gerne wissen . . .«, begann Frank Miller wieder.

Dirk Jost unterbrach ihn. »Du brauchst nichts zu erzählen, Gina, wenn du nicht willst.«

Frank Miller widersprach. »Ich kann Sie nicht dazu zwingen, Gina, aber ich meine, Sie sollten es trotzdem tun. Es kommt selten genug vor, daß ein Mädchen den Sexhändlern entwischt. Mit allem, was Sie sagen, können Sie anderen helfen, einem fürchterlichen Schicksal zu entgehen.«

Eva schwieg. Es war ihr schrecklich, über ihre peinlichen und demütigenden Erlebnisse zu sprechen, ganz besonders in Gegenwart von Dirk Jost.

»Wissen Sie vielleicht, wo man Sie festgehalten hat?« fragte Frank Miller. »Der Fahrer sagte, er habe Sie im Osten der Stadt aufgelesen.«

»Ich kenne sogar die Straße«, platzte Eva heraus. »Ugly-Road . . . ich habe das Schild im Vorbeilaufen gelesen.«

»Na wunderbar! Wenn ich Sie dorthin bringe . . . glauben Sie, daß Sie das Haus wiederfinden könnten?«

»Auf keinen Fall fährt Gina jetzt mit Ihnen los«, sagte Dirk Jost, »sie braucht eine warme Mahlzeit und ein Bad . . .«

»Das kann beides in einer halben Stunde erledigt sein«, sagte Frank Miller hartnäckig, »und schlafen können Sie hinterher, Gina. Wollen Sie mir helfen, die Verbrecher zu finden? Sie sind ihnen noch einmal entkommen, weil Sie sich nicht haben einschüchtern lassen. Aber die wenigsten Mädchen sind so entschlossen wie Sie, und wenn man sie erst gezwungen hat, sich mit fünf, mit zehn, mit zwölf Männern einzulassen, dann halten sie sich für verloren und trauen sich nicht mehr in die Freiheit zurück. Bitte, Gina, denken Sie an die anderen, die vielleicht noch in diesem Haus gefangengehalten werden. Sie müssen ihnen helfen!«

15

Eva zögerte. Mit knapper Not war sie einem fürchterlichen Schicksal entgangen, und nun sollte sie noch einmal freiwillig in das Haus zurückkehren, in dem sie solche Angst gehabt hatte und so gedemütigt worden war.

Allerdings, wenn auch nur die winzige Möglichkeit bestand, daß auch andere Mädchen dort gefangengehalten wurden, mußte sie versuchen, das Haus zu finden. Sonst würde sie sich vor sich selber schämen müssen.

»Ich helfe Ihnen!« sagte sie mit größter Überwindung.

»Bravo, Gina!« rief Frank Miller beeindruckt. »Sie sind ein fabelhaftes Mädchen!«

»Hast du dir das auch überlegt, Gina?« fragte Dirk Jost.

»Unter einer Bedingung«, erklärte Eva, »ich will nichts mit der Polizei zu tun haben.«

»Das wäre doch nicht das Schlimmste«, versuchte der Detektiv sie zu beruhigen. »Sie haben doch nichts verbrochen, und die Beamten von Scotland Yard sind ...«

Eva fiel ihm ins Wort: »Ich möchte es nicht. Entweder nehmen Sie meine Bedingungen an, oder ...«

»Aber um Himmels willen ... warum denn nicht?«

Eva begriff, daß es so nicht ging. Sie mußte sich eine Erklärung ausdenken. »Ich bin erst achtzehn ...«, begann sie stockend. Was hätten die beiden Männer wohl von ihr gedacht, wenn sie gestanden hätte, daß sie nicht älter war als fünfzehn und mit dem Paß einer Toten reiste?

»Na und?« fragte Frank Miller erstaunt.

»Ich habe meinen Eltern mühsam die Erlaubnis abgerungen, mich ins Ausland reisen zu lassen«, behauptete Eva, und es wurde ihr unheimlich schwer, unter Dirk Josts forschendem Blick zu lügen. »Wenn sie erführen, daß ich in eine Klemme geraten bin ... und wenn die Polizei auf mich aufmerksam wird, gibt es Nachfragen in Düsseldorf usw., und meine Eltern erfahren es bestimmt ..., und dann würden sie mich auf der Stelle zurückholen.«

»Aber ich würde Sie doch nur als Zeugin brauchen«, beharrte Frank Miller.

Jetzt kam Dirk Jost Eva zu Hilfe. »Ginas Bedenken sind absolut begründet«, sagte er. »Ich bin vollkommen auf ihrer Seite, denn ich will mich nicht schon wieder nach einer neuen Sekretärin umsehen müssen.«

»Also gut ... einverstanden«, sagte Frank Miller. »Ich werde dafür sorgen, daß Sie die Polizei in Ruhe läßt.«

Dirk Jost stand auf und suchte ein paar Sachen zusammen. »Dann nimm jetzt ein warmes Bad, Gina, damit du frisch wirst.«

Eine Viertelstunde später kam Eva aus dem Bad zurück, frisch und mit rosig durchbluteter Haut. Sie hatte Shorts von Dirk Jost angezogen und darüber ein buntes langes T-Shirt. »Das Hemd sieht doch aus wie ein Minikleid ... oder nicht?«

Die beiden Männer schmunzelten zustimmend.

In Frank Millers Morris fuhren sie durch London, das inzwischen vom Lichterglanz verschönt worden war. Die veränderte Beleuchtung machte es Eva schwer, sich zurechtzufinden. Doch Frank Miller hatte die Ugly-Road schon auf dem Stadtplan ausfindig gemacht, so daß die eigentliche Suche für sie erst begann, als sie in die Straße einbogen.

Eine Weile war Eva total verwirrt, denn die Ketten von Reihenhäusern sahen sich alle ungewöhnlich ähnlich. Ein paarmal sagte sie: »Hier ist es ...«, um, wenn Frank Miller langsamer fuhr, enttäuscht hinzuzufügen: »Nein, doch nicht!«

Als sie dann endlich jene Häuser entdeckte, deren Anblick sie sich eingeprägt hatte, wagte sie nichts zu sagen, um nicht wieder einen Rückzieher machen zu müssen. Doch als sie das verwahrloste Haus sah, fühlte sie sich ihrer Sache ganz sicher.

»Da ist es!« rief sie.

»Na wunderbar«, meinte Frank Miller, »dann müssen wir nur noch einen Parkplatz finden.« Wenige Meter weiter entdeckte er eine Lücke am Straßenrand und parkte dort seinen Morris.

»Und jetzt?« fragte Eva.

»Sie bleiben schön hier sitzen, und Mister Jost und ich werden versuchen, in das Haus zu kommen, und uns dort umsehen.«

»Ausgeschlossen!« widersprach Eva heftig. »Ich denke nicht daran, allein zu bleiben, schon gar nicht in nächster Nähe dieser Verbrecherhöhle. Ich werde Sie begleiten.«

Aber damit waren die beiden jungen Männer nicht einverstanden. Endlich einigte man sich darauf, daß Frank Miller sein Glück bei dem Haus versuchen und Dirk Jost bei Eva bleiben und warten sollte.

Der Detektiv warf einen Blick auf seine Armbanduhr. »Wenn ich in genau einer Viertelstunde nicht zurück bin, verständigen Sie, bitte, Scotland Yard.« Er sah Eva an. »Sie brauchen natürlich nicht auf die Polizei zu warten ... ich halte, was ich Ihnen versprochen habe.«

»Sehr gnädig von Ihnen«, gab Eva schnippisch zurück.

Sie beobachteten Frank Miller im Rückspiegel, wie er auf das Haus zuging und den winzigen ungepflegten Vorgarten durchquerte. Er rüttelte an dem Türklopfer, aber offenbar rührte sich nichts.

Eine Sekunde lang war Eva darüber erleichtert, aber dann wurde ihr klar, daß das für einen Mann wie Frank Miller kein Grund sein würde, aufzugeben. Da winkte er auch schon.

Eva und Dirk Jost stiegen aus, schlossen das Auto ab und folgten ihm.

In Gegenwart der beiden jungen Männer fühlte Eva sich sicher. »Hier ist das Kellerloch, aus dem ich gekommen bin! Vielleicht kommen Sie auf diesem Weg hinein.«

»Eine gute Idee«, pflichtete Frank Miller ihr bei, klappte das Gitter hoch, ließ sich hinuntergleiten und verschwand in der Tiefe des Kellers.

Eva und Dirk Jost warteten, erst zuversichtlich, dann mit wachsender Sorge. Die Minuten vergingen.

Aber gerade, als Dirk Jost erklärte: »Wir müssen die Polizei anrufen«, wurde die Haustüre von innen geöffnet, und Frank Miller erschien.

»Es hat so lange gedauert, weil ich keine Lampe dabei hatte«, entschuldigte er sich, »die Sicherungen sind anscheinend ausgeschaltet worden.«

»Und sonst?« fragte Eva.

»Es ist jemand im Haus . . . unten im Keller. Ich habe eine stöhnende Mädchenstimme gehört . . .« Er ließ sich von Dirk Jost die Autoschlüssel geben und holte eine starke Stablampe aus seinem Morris.

Der Schein des Lichtkegels wies ihnen den Weg durch das dunkle Haus. Hier drinnen sah es noch verwahrloster aus als draußen. Es gab nur einige schäbige Möbel, und der Fußboden glich einem Schuttabladeplatz: Zigarettenkippen, Bierdosen, Zeitungen und Einwickelpapier häuften sich dort.

In dem kleinen Flur hinter dem Wohnzimmer fanden sie einen Sicherungskasten. Sämtliche Sicherungen waren herausgeschraubt und entfernt.

»Aha, die Burschen haben uns erwartet«, stellte Frank Miller fest, »denen haben Sie mit Ihrer Flucht einen schönen Schrecken eingejagt, Gina!«

Hintereinander kletterten sie die Treppe in den Keller hinunter. Jetzt hörte auch Eva das Stöhnen.

Sie folgten den Geräuschen und kamen an eine abgeschlossene Tür. Frank Miller warf sich mit der Schulter dagegen und brach sie auf. Der Schein der Stablampe glitt durch den Kellerraum, der genauso kahl war wie der, in dem Eva gefangengehalten worden war.

»Mein Koffer!« rief Eva, und da stand er wirklich, der Koffer, der ihre ganze Garderobe enthielt; die Gangster hatten ihn in der Eile stehenlassen. Der Schein der Lampe fiel auf einen zweiten Koffer und dann auf ein Bett, in dem ein rotblondes Mädchen lag, das sich in schrecklichen Krämpfen wand.

»Ist sie krank?« fragte Eva.

Frank Miller trat an das Mädchen heran, sprach beruhigend auf sie ein. »Nein«, sagte er, »sie befindet sich im LSD-Rausch. Scheint auf einem ausgesprochen schlechten Trip zu sein, deshalb haben die Gangster sie wohl auch zurückgelassen.«

»Und wie können wir ihr helfen?« fragte Dirk Jost.

»Abwarten, bis sie sich beruhigt. Halten Sie bei ihr Wache, während ich das Haus noch einmal gründlich durchsuche.«

Eva und Dirk Jost blieben im Dunkel zurück.

»Sie haben versucht, sie süchtig zu machen, nicht wahr?« fragte Eva.

»Auf alle Fälle hat sie Glück gehabt«, sagte er, »daß wir hier sind und daß ihr das Zeug so schlecht bekommt . . . sie wird kaum den Wunsch haben, es noch mal zu probieren.«

Allmählich wurde das Mädchen ruhiger, und dann erschien auch Frank Miller wieder und berichtete, daß er nichts weiter gefunden hatte. Er ging mit Dirk Jost hinaus und ließ die Stablampe bei Eva, die sich bemühte, die Rothaarige, die jetzt wie eine Betrunkene lallte und hin und her schwankte, wenigstens notdürftig anzuziehen.

Die Männer nahmen sie zwischen sich, führten sie,

ohne Aufsehen zu erregen, aus dem Haus und bugsierten sie in den Wagen. Eva kam mit beiden Koffern nach.

Frank Miller brachte zuerst das Mädchen in eine Privatklinik, dann Eva und Dirk Jost in das Hotel zurück. Wenig später lag Eva im Bett und schlief tief und traumlos.

Am nächsten Tag hatte Eva das Gefühl, daß Dirk Jost anders zu ihr war als früher, kälter und sachlicher. Aber sie beruhigte sich damit, daß es ihr nur so vorkäme, denn zum erstenmal, seit sie bei ihm als Reisesekretärin angestellt war, verlangte er wirkliche Arbeit von ihr. Er diktierte ihr verschiedene Berichte über Londoner Hotels, die sie tippen sollte. Wenn sie einen Fehler machte, sagte er nichts, aber runzelte die Stirn. Sie fand, daß er etwas gnädiger mit ihr hätte sein können, nach allem, was sie durchgemacht hatte.

Als er am nächsten Vormittag zu einer Besprechung ging, war sie froh, seine Diktate endlich in Ruhe aufarbeiten zu können. Sie kam so langsam voran, daß sie auf die Mittagspause verzichtete. Dafür konnte sie ihm dann, als er zurückkam, die Unterschriftenmappe mit sämtlichen Briefen und Berichten vorlegen.

»Fleißig, Gina, fleißig«, lobte er, »und mit der Rechtschreibung wird es auf die Dauer sicher auch besser werden. Das wär's für heute. Feierabend.«

Er hatte fast wieder in dem liebevoll neckenden Ton wie früher zu ihr gesprochen, und ihr Herz schlug höher. »Wollen wir was unternehmen?« fragte sie strahlend.

»Ich habe eine Verabredung.«

»Och!« Evas Gesicht wurde lang. »Kann ich da nicht mitkommen?«

»Es ist eine geschäftliche Verabredung«, behauptete er, »du würdest dich dabei nur zu Tode langweilen.«

»Und was soll ich allein anfangen?«

»Das fragst du mich? London ist eine Stadt, in der du alles mögliche unternehmen kannst.«

»Ich soll ganz allein hier herumstreunen? Aber Sie wissen doch genau, wie gefährlich es für mich allein ist.«

Dirk Jost lachte. »Für dich nicht die Bohne! Frank Miller hat mir versichert, daß niemand . . . jedenfalls keiner dieser Mädchenentführer, sich wieder an dich ranmachen wird. Ein Mädchen mit so viel Widerstandswillen ist für die Ganoven wirklich völlig uninteressant.«

Eva schob die Unterlippe vor. »Ein schöner Trost.«

Er gab ihr einen leichten Klaps. »Schmoll nicht, amüsier dich lieber. Morgen früh um neun Uhr sehen wir uns wieder.«

Eva fühlte sich ganz schwach vor Enttäuschung. Also war es wirklich aus zwischen ihnen — aus, bevor es noch angefangen hatte?

Oder war sie vielleicht überempfindlich? Ließ er sie nur deshalb allein, weil er heute wirklich keine Zeit für sie hatte?

Das mußte sie herausfinden.

Wenig später fuhr sie in die Hotelhalle hinunter. Es war ein drückend heißer Tag, und sie hatte ihre knallroten Leinenhosen mit dem passenden Pulli dazu angezogen.

Sie ging zum Tresen, gab ihren Schlüssel ab. Dabei stellte sie fest, daß der von Dirk Jost nicht an seinem Platz hing. Also war er, wie sie erwartet hatte, noch im Haus.

Eva kaufte eine »Times«, sah sich nach dem besten Platz um und fand einen Sessel neben einer Säule, von dem aus sie den Lift, den Empfangstisch und die Eingangstür im Auge behalten konnte. Sie setzte sich, schlug die riesige Zeitung auf und benutzte sie als Tarnung.

Dann piekte sie, so unauffällig wie möglich, ein Guckloch in das Papier.

Das Kommen und Gehen in dem internationalen Hotel war interessant genug, um sich nicht zu langweilen, obwohl mehr als eine Stunde verging, ohne daß etwas geschah, was sie persönlich anging, aber sie sah die irrsten Typen.

Schließlich kam eine junge Dame durch die Drehtür herein. Sie war sehr schlank, trug ein weißes Midikleid und wirkte sehr elegant, aber, so fand Eva, irgendwie nicht von dieser Welt.

Die junge Dame wechselte ein paar Worte mit dem Chefportier, der telefonierte. Wenig später öffnete sich der Lift, und Dirk Jost stieg aus. Ein völlig veränderter Dirk Jost, in dunklem Anzug, weißem Hemd und silbergrauer Krawatte.

Er eilte zu der jungen Dame und beugte sich über ihre Hand — ziemlich kitschig, fand Eva, wenn ihr auch das Herz beim Anblick dieser zärtlichen Begrüßung weh tat. Die beiden gingen durch die Drehtür nach draußen.

Eva legte die Zeitung beiseite und lief zu einem der großen Fenster. Sie konnte gerade noch sehen, wie Dirk Jost sich neben die junge Dame schwang, die am Steuer eines offenen Sportwagens saß. Dann brausten die beiden davon.

Zu ihrer eigenen Überraschung empfand Eva durchaus keine brennende Eifersucht, sondern fühlte sich fast getröstet. Klar, daß sie mit einer solchen Luxusbiene nicht konkurrieren konnte. Es wäre blöd gewesen, Dirk Jost deswegen Vorwürfe zu machen.

Früher oder später würde er die junge Lady schon satt bekommen, hoffte Eva, und vor allem: Sie würden ja nicht ewig in London bleiben, und damit würde sich der Fall wahrscheinlich ganz von selber erledigen.

Eva war froh zu wissen, woran sie war. Das war viel besser als gegen eine unbekannte Gefahr ankämpfen zu müssen. Auf keinen Fall war sie bereit, Dirk Jost aufzugeben. Sie spürte, wie lieb sie ihn hatte.

16

Acht Tage später flogen Dirk Jost und Eva nach Paris.

Es war der 18. August, ihr Geburtstag – und zum erstenmal in ihrem Leben hatte kein Mensch daran gedacht. Sie wurde 16 Jahre, und sie durfte es nicht feiern, weil sie mit dem Paß einer anderen unterwegs war. Als sie mit dem Taxi ins Hotel »Claridge« auf den Champs-Elysées fuhren und schweigend neben Dirk Jost saß, wurde ihr das richtig bewußt. Sie brach in Tränen aus.

»Aber, Gina, was ist denn los?« rief Dirk Jost betroffen.

Eva suchte nach einem Taschentuch. »Ich bin so unglücklich«, schluchzte sie.

»Meinetwegen?«

Er legte den Arm um ihre Schultern und sagte: »Gina, ich glaube, ich bin dir eine Erklärung schuldig . . .«

Das Taxi hielt vor dem Hotel »Claridge«.

»Komm Gina«, sagte Dirk Jost, »ich werde dir alles erklären.«

Eva ging in banger Erwartung und immer noch leise

schluchzend hinter Dirk Jost her. Was wollte er ihr erklären? Eigentlich hätte sie ihm viel lieber alles erklärt, dann wäre ihr leichter ums Herz gewesen. Wenn er wüßte, daß sie heute Geburtstag hätte, würde er sie bestimmt nicht allein lassen.

Dirk Jost führte Eva in sein Zimmer und bat sie, sich in einen der Sessel zu setzen. »Also, Gina«, begann er, »es tut mir leid, daß ich mir keinen günstigeren Moment aussuchen kann.« Seine Stimme klang nüchtern und sachlich.

Eva konnte sich nicht vorstellen, was er ihr erklären wollte. Vielleicht hatte es etwas mit der Dame in Weiß aus London zu tun? Sie hoffte sehr, daß er ihr endlich gestehen würde, daß er sie liebte.

»Gina«, fuhr Dirk Jost fort, »das wird unser letzter gemeinsamer Tag sein. Ich muß dich entlassen.«

»Nein!« Mit weitaufgerissenen Augen starrte Eva Dirk Jost ungläubig an.

»Das dürfen Sie nicht tun!«

»Ich muß es. Der Firma ›Round the World‹ ist das Geld ausgegangen. Sie wird aufgelöst.«

»Und was soll ich dann machen?«

»Du wirst zu deinen Eltern nach Hause fahren.«

»Das ist absolut unmöglich. Das kann ich nicht.«

»Es wird schwer für dich werden.« Dirk Jost stand auf und kam auf Eva zu. »Ich weiß, daß du nicht Gina Karlson bist. Ich wußte es von Anfang an.«

»Was?« stammelte Eva, kreidebleich geworden. »Das ist nicht wahr.«

»Du mußt nicht versuchen, dich rauszureden, gib das Spiel auf!«

»Woher haben Sie es gewußt?« stotterte Eva.

»Als du dich bei mir vorgestellt hast, kam mir der

Name Gina Karlson bekannt vor, und dann fiel mir ein, woher ich ihn kannte. Ich hatte ihn unter den Todesanzeigen einer Düsseldorfer Zeitung gelesen.«

»Aber warum haben Sie mich dann eingestellt und nicht die Polizei benachrichtigt?«

»Weil ich auf ein Abenteuer aus war. Ich dachte, mit so einer wie dir hat man ein leichtes Spiel.«

»Sie haben es doch gar nicht versucht.«

»Nein, seit der Entführungsgeschichte weiß ich, daß du zu schade dafür bist.«

Eva konnte ihre Tränen nun nicht länger zurückhalten.

Dirk Jost gab ihr sein Taschentuch und legte tröstend den Arm um ihre Schultern. »Sag mir, wie du wirklich heißt.«

»Eva, Eva Krüger.« Endlich war es heraus. Nun brauchte sie nicht mehr zu lügen. Nach dem ersten Schreck empfand sie jetzt eine große Erleichterung. »Gina war meine Freundin«, sagte sie, »sie gab mir ihre Tasche, während sie tanzte . . . und dann kam das Feuer. Ich konnte sie nicht mehr retten.«

»So ähnlich hab' ich mir das auch vorgestellt. Und bist du wirklich achtzehn?«

»Ich bin sechzehn. Heute ist mein Geburtstag.« Wieder flossen die Tränen in Strömen.

»Mein armes Kleines.« Er strich ihr beruhigend übers Haar. »Meine arme kleine Eva.«

»Ach, Dirk«, seufzte Eva, und aus ihrer Erleichterung heraus duzte sie ihn einfach, »ich bin so froh, daß du nun alles weißt. Ich bin dir auch überhaupt nicht böse, daß du so schlimme Absichten gehabt hast. Ich liebe dich nämlich.«

»Ja. Eva, ich weiß. Und es wird für dich nicht leicht werden. Aber wir müssen uns trennen.«

»Nein!« rief sie impulsiv.

»Doch«, widersprach er ruhig, »unsere Wege müssen auseinandergehen. Du wirst schön brav nach Hause fahren, und ich . . .«

»Fällt mir nicht im Traum ein! Nur weil die Firma Pleite gemacht hat? Das ist doch lachhaft! Oder warst du mit meiner Arbeitsleistung nicht zufrieden? Ich werde immer besser werden, paß nur auf!«

»Es hat noch einen anderen Grund. Ich selber habe das Reiseunternehmen mit zwei Freunden gegründet. Es ist also meine ganz persönliche Pleite.«

Eva trat zu ihm hin und legte ihm die Hand auf die Schulter. »Und gibt es keine Hilfe?«

Er schüttelte stumm den Kopf.

»Trotzdem brauchst du eine Sekretärin«, sagte sie, »und eine billigere wie mich kriegst du nicht. Ich arbeite ja ohne Gehalt, und in Zukunft verzichte ich auch auf mein Taschengeld.«

Er zog sie auf seinen Schoß. »Du bist schon ein Schatz. Aber es geht nicht.«

»Ich will dich nicht verlassen . . . auf keinen Fall!« Sie schlang ihre Hände um seinen Nacken. »Lieber hungre ich mit dir, als daß ich nach Hause fahre. Es macht mir auch nichts aus, daß du mich nicht liebst. Hauptsache ich liebe dich.« Sie drückte ihre Lippen auf seinen Mund und war sehr glücklich, als er ihren Kuß erwiderte. Sie klammerte sich an ihn. »Und wenn ich schon fort muß, Dirk . . . willst du mich so gehen lassen? Bitte, nimm mich in deine Arme, bitte! Ich wünsche es mir so sehr . . . Ich habe es mir schon so lange gewünscht! Es ist mein einziger Geburtstagswunsch!«

Wieder fanden sich ihre Lippen zu einem langen, zärtlichen Kuß. Seine Hände streichelten ihren Körper. Eva spürte, wie seine Leidenschaft sich an ihrer Liebe entzündete. Er hob sie hoch und trug sie auf das Bett. Langsam begann Dirk Jost, Eva auszuziehen. Zärtlich streichelte er ihre Schultern. Halb verschämt, halb beglückt, bedeckte sie mit der Hand ihren Busen.

Später lagen sie eng aneinandergeschmiegt. Sie hatte ihren Kopf an seine nackte Brust gelegt, und seine Finger spielten mit ihren Locken und strichen über ihre Wangen.

Er spürte Feuchtigkeit. »Immer noch Tränen, mein Kleines?«

»Nur weil ich so glücklich bin.« Sie bedeckte sein Gesicht mit kleinen Küssen. »Du warst so lieb zu mir, Dirk ... Ich werde dich nie vergessen. Vielleicht ... werden wir uns doch eines Tages wiedersehen! Bitte sag' mir, daß es nicht ganz ausgeschlossen ist.«

»Ich überlege mir gerade«, sagte er langsam, »es gibt doch noch eine Chance. Eine kleine allerdings nur. Vielleicht brauchen wir uns gar nicht zu trennen.«

Sie richtete sich auf. »Wir können weitermachen!?«

»Ich kann dir nichts versprechen. Aber es gibt da einen Amerikaner. Harry Harford heißt er. Der war seinerzeit fast soweit, sich an ›Round the World‹ zu beteiligen.«

»Hat er Geld?«

»Er ist Geschäftsmann.«

»Dann brauchst du ihn jetzt doch nur anzuzapfen!«

»Nur ist gut. So einfach wird das nicht sein. Er ist ein mißtrauischer Hund. Aber wir können es zumindest versuchen. Ich weiß, daß er momentan mit seiner Jacht im Mittelmeerraum unterwegs ist. Wo, das muß ich aber noch herausbringen.«

Bis zum Abend hatte Dirk Jost festgestellt, daß die »Marylin« momentan in Nizza vor Anker lag. Um Geld zu sparen, wollten sie mit dem Zug fahren. Eva packte sofort die Koffer, und mit dem Bus fuhren sie zum Bahnhof.

17

Sie waren nicht allein im Abteil, die Sitze waren hart, und sie konnten kaum ein Auge zutun. Dennoch genoß Eva die Fahrt, weil sie sie zusammen mit Dirk Jost erlebte.

Übernächtigt trafen sie in Nizza ein. Sie stiegen nicht wie früher in einem Luxus-Hotel ab, sondern nahmen eine kleine billige Pension in der Nähe des Bahnhofs. Während Dirk Jost sich auf die Suche nach Harry Harford machte, wollte Eva ans Meer.

Sie konnte der Versuchung nicht widerstehen. Von dem wenigen Geld, das sie sich erspart hatte, kaufte sie einen knallroten Bikini und eine Flasche Sonnenöl. Die Sonne brannte heiß vom postkartenblauen Himmel, und einmal wenigstens wollte sie im Mittelmeer gebadet haben.

Sie schwamm weit hinaus, bewunderte die schnittigen Motorboote, die Wasserskiläufer im Schlepptau hatten, und als sie sich nachher in den Sand legte, fühlte sie sich wohlig müde und schlief ein.

Dirk Jost empfing sie in der Pension voll Ungeduld. »Da bist du ja endlich! Harry Harford will uns im ›Negresco‹ zu einem Cocktail treffen.«

»Ich soll mitkommen?«

»Na klar. Er ist für weibliche Reize nicht unempfänglich. Aber sei vorsichtig. Ich glaube, er kann ziemlich brutal werden.«

Noch nie zuvor hatte sich Eva mit so viel Sorgfalt zurechtgemacht. Sie war froh, daß sie den Tag am Meer verbracht hatte und schon ein bißchen braun geworden war. So wusch sie sich nur ihr Haar und rubbelte es trokken, damit es sich locker und weich um ihr Gesicht schmiegte. Sie tuschte die Wimpern, legte glänzendes Rouge auf die Wangenknochen und benutzte Lidschatten, die das Blau ihrer Augen unterstrichen. Noch ein Hauch Lippenstift, und sie war mit ihrem Aussehen zufrieden.

Auch Dirk Jost war beeindruckt. »Fabelhaft«, sagte er, als sie sich in der kleinen Diele der Pension trafen. »Weißt du eigentlich, wie sehr du dich herausgemacht hast, seit wir uns das erste Mal gesehen haben?«

»Ich bin eben kein Kind mehr«, erklärte sie lächelnd.

Harry Harford erwartete sie schon in der Hotelbar, ein großer, breitschultriger Mann mit kräftigem Kinn und schmallippigem Mund. Er begrüßte Dirk Jost herzlich und musterte Eva wohlgefällig.

»Deine Sekretärin, da sieh einer an! Aber du hattest ja schon immer einen ausgezeichneten Geschmack.« Er bestellte Drinks — Whisky für sich und Dirk Jost, Gin Tonic für Eva —, und sie nahmen an einem der kleinen Tische Platz.

Während die Männer redeten und tranken, hielt Eva sich erst einmal an das Salzgebäck und die Oliven, denn sie hatte nicht zu Mittag gegessen und fürchtete, daß der Alkohol ihr auf nüchternen Magen zu schnell ins Blut gehen würde.

Es dauerte eine Weile, bis es Dirk Jost gelang, das Gespräch auf das angestrebte Thema zu bringen. »Schade, daß du dich nicht an unserem Unternehmen beteiligt hast, Harry.«

»Bringt es was ein? Das freut mich«, erwiderte Harry Harford. »Ich bin inzwischen auf einen anderen Geschäftszweig umgestiegen.«

»Jedenfalls steht die Organisation, und wir haben Verträge mit erstklassigen Hotels. Spätestens im Herbst werden die Kassen zu klingeln beginnen.«

»Na, wunderbar!« Harry blickte Eva an.

»Nur ... bis dahin ist noch eine gewisse Durststrecke zu überwinden«, bekannte Dirk Jost, »du hättest jetzt noch eine Gelegenheit, mitzumachen.«

»Tut mir leid, wie gesagt, ich betreibe ein anderes Projekt.«

»Du würdest mir einen großen persönlichen Gefallen tun, wenn du dich entschließen könntest, einzuspringen«, sagte Dirk Jost mit Überwindung.

Harford schüttelte den Kopf. »Kein Interesse.«

Eva nippte an ihrem Drink, um sich Mut zu machen. »Wie wäre es, wenn Sie uns eine bestimmte Summe leihen würden? Sagen wir auf drei Monate. Bei einem hohen Zinssatz?«

Harfords schmallippiger Mund verzog sich zu einem Lächeln. »Das klingt entschieden interessanter. Du hast eine bemerkenswert tüchtige Mitarbeiterin, Dirk. Ich nehme an, du hast nichts dagegen, wenn ich mich mit der jungen Dame mal unter vier Augen unterhalte?«

»Doch«, sagte Dirk Jost.

Harford lachte. »Du bist komisch, boy. Ich gebe dir eine echte Chance und du ...«

Dirk Jost erhob sich. »Du weißt sehr gut, daß von einer wirklichen Chance keine Rede sein kann.« Er reichte Eva die Hand. »Komm, Eva! Good bye, Harry . . . Danke für die Drinks!«

Sie hörten Harford hinter sich herlachen, als sie die Bar verließen.

»Das war's«, sagte Dirk Jost, als sie auf die Straße traten. »Wir haben verspielt. Tut mir leid, Eva.«

»Wenn du mich mit ihm allein gelassen hättest, hätte ich vielleicht doch noch . . .«

»Nein. Du kennst ihn nicht. Niemals würde ich zulassen, daß du dich in eine solche Gefahr begibst.«

Eine Weile gingen sie schweigend nebeneinander her.

»Und was tun wir jetzt?« fragte sie endlich.

»Ich bringe dich zum Zug nach Düsseldorf . . .«

»Nein!«

»Wir hatten es ausgemacht, Eva.«

»Und du? Was wirst du tun?«

»Ich fliege nach Berlin.«

»Kann ich dich nicht begleiten, Dirk? Ich könnte mir doch in Berlin eine Stellung suchen . . .«

»Ohne Lohnsteuerkarte kannst du das nicht. Ein Paß allein genügt nicht, das solltest du inzwischen begriffen haben. Fahr nach Düsseldorf, und bringe dein Leben und deine Papiere in Ordnung. Schließlich warst du noch nicht strafmündig, als du mit Ginas Paß durchgebrannt bist.«

»Aber sie können mich in eine Erziehungsanstalt stekken.«

»Selbst das wäre nicht das Schlimmste, was einem Mädchen passieren kann.«

Eva schwieg, denn sie sah ein, daß sie ihn nicht überzeugen konnte. Er gab ihr seine Berliner Adresse — Tempelhof, Richthofenstraße 115 — und versprach, sich mit ihr in Verbindung zu setzen.

Sie holten das Gepäck aus der Pension und gingen zum Bahnhof. Dirk Jost kaufte Eva eine Fahrkarte. In einer halben Stunde ging ein Zug nach Düsseldorf.

Der Zug lief in die Halle, ein letzter Kuß – wie sehr wartete sie auf ein liebes Wort, aber es kam nicht. Sie stieg ein. Er reichte ihr den Koffer nach und blieb auf dem Bahnsteig stehen.

Sie lehnte aus dem Fenster und blickte auf ihn herab. Beide schwiegen.

Plötzlich brach sie in Tränen aus. »Geh, bitte, geh«, sagte sie leise, »mach es mir nicht zu schwer . . . ich kann es einfach nicht mehr ertragen!«

Er lächelte unbeholfen, drehte sich wortlos um und ging.

Sie sah ihm nach, wie er durch die Sperre verschwand. Dann riß sie ihren Koffer aus dem Netz, lief auf den Gang hinaus, öffnete die Tür zu den Gleisen, sprang ab und überquerte sie zum nächsten Bahnsteig. Dort zwang sie sich, zehn Minuten zu warten, um Dirk Jost nicht in die Arme zu laufen.

Danach gab sie ihren Koffer in die Gepäckaufbewahrung, klemmte sich Ginas weiße Lackledertasche unter den Arm und schlenderte in Richtung Hafen los.

Sie war fest entschlossen, Harry Harford noch einmal zu begegnen und ihn dazu zu bringen, Dirk Jost finanziell unter die Arme zu greifen.

Es dauerte keine zehn Minuten, da hatte sie im Hafen von Nizza die »Marylin«, Harry Harfords Jacht, entdeckt . . .

18

Die »Marylin« war ein imponierend großes Schiff von mindestens zwanzig Meter Länge, schneeweiß lackiert und mit blitzenden Messingbeschlägen. Eine richtige Luxusjacht, die nur jemand unterhalten konnte, der in Geld schwamm.

Eva war froh, wieder zurückgegangen zu sein. Der Gedanke, daß Harry Harford vielleicht gar nicht an Bord sein könnte, kam ihr überhaupt nicht.

Sie ging weiter am Pier entlang und so nahe wie möglich an die Jacht heran, die ein gutes Stück draußen vor Anker lag. Es war Abend geworden. Zwei Matrosen rollten ein großes Sonnensegel ein, in dessen Schatten ein paar schicke Mädchen gelegen hatten. Von Harry Harford war nichts zu sehen.

Eva überlegte, wie sie auf das Schiff kommen konnte. An der Reling war ein Beiboot befestigt, mit dem die Landgänger anscheinend zum Pier gebracht und wieder abgeholt wurden.

Sie legte die Hände wie einen Schalltrichter vor den Mund und schrie: »Mister Harford . . . I wish to visit Mister Harford!«

Das hatte den Erfolg, daß einer der Matrosen aufmerksam wurde und sich grinsend weit über die Reling beugte.

Eva wiederholte ihr Sprüchlein, und der Matrose begann tatsächlich die Strickleiter herunterzuklettern.

Auch die Mädchen an Deck beobachteten das Manöver, und plötzlich schrie eine von ihnen: »Menschenskind, ich werd' verrückt! Das ist doch wahrhaftig Eva Krüger!«

Eva erschrak so sehr, daß sie für Sekunden die Fassung verlor. Sie stand wie angewurzelt da. Auf nichts war sie weniger vorbereitet gewesen, als ausgerechnet hier im Hafen von Nizza wiedererkannt zu werden. Sie wußte plötzlich auch, wer das dünne Mädchen mit dem hüftlangen silberblonden Haar war — Lulu Holt, eine Kollegin von Gina Karlson.

Während diese Erkenntnis blitzartig durch Evas Kopf zuckte, kam wieder Leben in ihre Beine. Sie machte einen Satz zurück, drehte sich um und versuchte in der Menge der Touristen, die am Hafen herumbummelten, zu verschwinden.

»Eva!« schrie Lulu von der »Marylin« herüber. »Eva!«

Evas Fluchtversuch war eine instinktive Reaktion gewesen. Sie war schon fast in Sicherheit, als ihr klarwurde, daß sie eigentlich gar nichts mehr zu verlieren hatte. Dirk Jost flog nach Berlin. Er wollte, daß sie nach Hause fuhr. Kam es also jetzt noch darauf an, wenn sie entdeckt wurde? Ohne Dirk hatte die Freiheit ohnehin ihren Reiz verloren.

Mit einem tiefen Seufzer wandte sie sich um und kehrte zum Schiff zurück.

Der Matrose war wieder an Bord geklettert, blickte aber erwartungsvoll zu ihr hinüber.

»Please, come!« rief Eva ihm mit fester Stimme zu.

»Menschenskind, ich dachte, du wärst tot!« schrie Lulu.

Die anderen Mädchen — es waren noch drei — drängten sich neben sie.

»Halt bitte die Klappe!« schrie Eva zurück. »Ich werde dir alles erklären!«

Sie stieg in das schaukelnde kleine Boot, wurde durch das Hafenbecken gerudert und konnte wenig später an Bord gehen.

»Ich trau' ja meinen Augen nicht . . . Eva Krüger!« sagte Lulu. »Wie kommst du hierher? Und wieso bist du nicht tot? Ich hätte schwören können . . . Alle haben doch gesagt, daß du bei dem Brand umgekommen bist!«

Eva zog sie beiseite. »Bitte, schrei nicht so!«

»Ist es dir peinlich? Bloß keine Bange. Außer uns versteht hier kein Mensch auch nur 'ne Silbe Deutsch.«

»Bist du sicher?«

»Hundertprozentig!«

Trotzdem zog es Eva vor, zu flüstern. »Wie du siehst, bin ich nicht tot. Ich bin einfach abgehauen.«

»Bei dem Brand?«

»Das war die Gelegenheit für mich.« Die Sache mit Ginas Paß behielt sie lieber vorsichtshalber für sich.

Lulu war beeindruckt. »Donnerwetter, das ist ja ein tolles Ding. Und seit damals treibst du dich in der Weltgeschichte herum? Na so was. Und ich kam mir schon ganz groß vor, daß ich im Urlaub an die Riviera gefahren bin . . . für sage und schreibe vierzehn Tage.« Sie zog eine kleine Grimasse.

»Ist doch auch schon ganz schön«, sagte Eva. »Und wie hast du Harry Harford kennengelernt?«

»Zufällig. Beim Tanzen. Er hat ganz groß aufgedreht, und dann hat er ein paar von uns eingeladen . . . wir starten in den nächsten Tagen nach Korsika. Dort hat er ein phantastisches Ferienhaus. Kommst du auch mit?«

Eva schüttelte den Kopf. »Nein, ich habe etwas Geschäftliches mit ihm zu besprechen.« Eva legte Lulu die Hand auf den Arm. »Nicht wahr, du hältst den Mund? Du erzählst den anderen nicht, was mit mir los ist? Und schon gar nicht Harry Harford!«

»Na, hör mal, Eva, was hältst du denn von mir! Ist doch Ehrensache.«

Eva überlegte, ob sie ihr nicht doch beibringen sollte, daß sie sich jetzt Gina nannte, aber dann erschien ihr das nicht so wichtig. Sie hatte ja nicht vor, sich länger auf der Jacht aufzuhalten, und würde Lulu sicher nicht wieder in die Arme laufen.

»Ist er da?« fragte sie.

»In seiner Kabine.« Lulu wies auf eine Treppe, die unter Deck führte. »Dritte Tür rechts. Ich an deiner Stelle würde warten, bis er sich blicken läßt. Er versorgt uns reichlich mit allem . . . Essen, Alkohol, Zigaretten . . . aber er will auf gar keinen Fall gestört werden.«

»Das trifft nicht auf mich zu«, behauptete Eva und marschierte in Richtung Kabine los.

19

Harry Harford rief: »Come in«, als Eva anklopfte, und entschlossen trat sie ein.

Die Kabine war ein wahres Prunkstück: Die Wände waren mit Mahagoni getäfelt, dessen rötlich-warmer Glanz sich wunderbar von den polierten Messingbeschlägen abhob. Es gab eingebaute Schränke, eine eingebaute Bar, einen festgeschraubten Schreibtisch – alles in Mahagoni –, mit grünem Leder bezogene Sessel und eine schmale Ledercouch.

Harry Harford schien am Schreibtisch gearbeitet zu haben; jetzt schloß er einen Aktendeckel. Er blickte Eva an, aber er wirkte alles andere als erfreut.

Eva merkte es, aber sie ließ sich nicht einschüchtern.

»Hallo, Mister Harford«, sagte sie, »Sie wollten sich doch mal mit mir allein unterhalten ... hier bin ich also!«

»Das sieht Dirk Jost ähnlich!«

»Wieso?«

»Machen Sie mir nichts vor. Er hat Sie doch geschickt.«

»Aber keineswegs. Er ahnt nicht mal, daß ich hier bin.«

»Dafür sitzt er voll Unruhe im Hotel und wartet auf Sie.«

»Ach, woher denn.« Eva lachte. »Er ist nicht mal mehr in Nizza. Er ist nach Berlin geflogen, und ich bin stellungslos.«

Jetzt endlich entspannten sich Harfords Züge. »Das ist natürlich etwas anderes!« sagte er. »Bitte, nehmen Sie doch Platz. Dann hat sich die ganze Sache also von selber erledigt.«

Eva setzte sich in einen der lederbezogenen Sessel. »Das möchte ich denn doch nicht sagen, Mister Harford. Ich bin seinetwegen hier. Es liegt mir nämlich sehr viel an meiner Arbeit mit ihm . . ., und Sie wären der Mann, der das Unternehmen retten könnte.«

Harry Harford lehnte sich zurück, faltete die Hände und ließ die Daumen kreisen. »Das mag schon sein.«

»Dirk sagt, daß Sie sehr reich sind. Und man braucht ja nur Ihre Jacht zu sehen, um zu wissen, daß das stimmt. Wenn Sie nur wollten, Mister Harford . . .« Eva beugte sich eifrig vor. »Sie könnten ›Round the World‹ doch ein Darlehen geben.«

»Könnte ich. Stimmt.«

»Bloß für ein paar Monate, Mister Harford!«

»Und was bieten Sie mir dafür? Aber kommen Sie mir jetzt nicht mit hohen Zinsen! Das zieht bei mir nicht.«

»Weiß ich«, bestätigte Eva tapfer. »Deswegen bin ich ja hier!«

»Na prächtig.« Ein böses Lächeln huschte um Harry Harfords Lippen. Er erhob sich, verriegelte die Tür und kam auf sie zu. »Und du glaubst, daß dein Boy verstehen wird, warum du es getan hast?« Er riß sie hoch.

»Vielleicht nicht«, stammelte Eva, »aber ich tu es doch, um ihm zu helfen!«

Seine schmalen Lippen preßten sich hart auf ihren Mund. Sie mußte sich zwingen, ihn nicht zurückzustoßen. Es war schwerer, viel schwerer, als sie es sich vorgestellt hatte. Aber sie mußte es durchhalten, um Dirk zu helfen.

Erst als Harford am Reißverschluß ihres heißen Höschens zu zerren begann, setzte sie sich plötzlich energisch zur Wehr.

»Nanu?« Er ließ sie los. »Ich dachte, du wolltest?!«

»Erst das Geld!« forderte sie. »Einen Vertrag . . . oder wenigstens eine schriftliche Zusage!«

»Das könnte dir so passen!«

»Aber das ist doch fair! Ich kann hier nicht heraus . . . Und wer sagt mir denn, daß Sie mir nicht nachher eins pfeifen werden?«

Er rückte seinen Hemdkragen zurecht. »An was für eine Summe dachtest du denn?«

»Dreißigtausend Mark.«

»Und du bildest dir ein, daß ich soviel hinblättere, bloß um mit einer wie dir zu schlafen?« Er lachte. »Das ist wirklich komisch! Hast du dir die Girls oben an Deck angesehen? Von denen ist jede bereit . . . aber umsonst.«

Eva spürte, wie sie blaß wurde. »Sie haben mich also hereinlegen wollen!«

»Wenn man so blöd ist wie du, kann man wahrhaftig nichts anderes erwarten!«

»Sie Schwein!« Eva hätte ihm am liebsten den ersten besten Gegenstand an den Kopf geworfen. Sie packte einen Messingaschenbecher, mußte aber feststellen, daß er angeschraubt war.

Er weidete sich an ihrer Wut und ihrer Enttäuschung. »Na, Temperament scheinst du jedenfalls zu haben, das ist wenigstens etwas! Damit du siehst, daß ich kein Unmensch bin, mache ich dir einen anderen Vorschlag. Du bleibst erst mal hier an Bord, das kostet dich nichts, und wir überlegen in aller Ruhe, was wir mit dir anfangen können. Wäre doch gelacht, wenn wir für ein Mädchen wie dich nicht eine andere und bessere Stellung finden würden.«

Meinte er es nun gut, oder wollte er sie wieder hereinlegen? Eva war so durcheinander, daß sie das nicht entscheiden konnte.

»Wir schippern morgen früh nach Korsika, komm mit!« drängte er. »Du hast doch nichts zu versäumen!«

Ehe Eva antworten konnte, wurde an die Tür geklopft. Ärgerlich erklärte Harry Harford auf Englisch, daß er nicht gestört zu werden wünsche.

»Here is Charly«, meldete sich eine Stimme von draußen.

»Moment mal!« Jetzt war Harry Harford sichtlich interessiert. »Geh da hinein!« sagte er zu Eva und wies auf eine Tür, die in die Mahagoni-Täfelung eingelassen war. »Nimm deine Tasche mit.«

Eva landete in einem ziemlich kleinen, aber komfortablen Badezimmer. Sie spähte durch einen winzigen Türspalt in Harry Harfords Zimmer und erkannte in dem Besucher jenen Charly, der sie in London entführen ließ. Nur einen einzigen flüchtigen Blick konnte sie auf ihn werfen, dann wurde ihr die Tür vor der Nase zugeknallt.

Eva lauschte. Doch die Tür war so massiv, daß sie kein Wort verstand. Sie wußte, daß Charly sie unmöglich erkannt haben konnte, denn er hatte gar nicht zu ihr hingesehen. Trotzdem fühlte sie sich wie die Maus in der Falle.

Was würde sein, wenn Harry Harford sie herausließ und sie sich Charly zeigen mußte? Ganz davon abgesehen, daß sie auch Harry Harford nicht mehr über den Weg traute.

Sie mußte hier weg, so schnell wie möglich, aber wie?

In die Außenwand des Bades war ein Bullauge eingelassen. Es gelang ihr, das runde, kleine Fenster zu öffnen. Ein schwerer Mensch hätte wohl nicht hindurchgekonnt. Aber Eva schaffte es spielend.

Mit ihrer Lackledertasche unter dem Arm sprang sie in das schmutzige Hafenwasser.

20

Eine knappe halbe Stunde später saß Eva, immer noch mit nassem Haar, aber in der trockenen Uniform einer Beamtin, im Polizeikommissariat von Nizza Monsieur Leonetti, dem hiesigen Sachverständigen für Mädchenhandel, gegenüber. Sie war, nachdem sie das Ufer erreicht hatte, zur Hafenpolizei gerannt, und von dort hatte man sie an die zuständige Stelle weitergeleitet.

Monsieur Leonetti war Korse, ein kleiner, drahtiger Mann mit einem energischen Kinn und intelligenten Augen. Zum Glück sprach er perfekt deutsch.

Eva beichtete alles, und immer, wenn sie versuchte, sich an etwas vorbeizumogeln, merkte Monsieur Leonetti es sofort und fühlte ihr auf den Zahn. So kam ihre ganze Geschichte heraus.

Als sie fertig war, sagte Eva: »Ich gebe zu, das alles hört sich furchtbar unwahrscheinlich an . . . wie ein Märchen, das ich mir zusammenphantasiert habe! Aber Sie können sich in Düsseldorf erkundigen . . . und auch in London bei Scotland Yard . . .«

»Das werden wir auch tun«, erklärte Monsieur Leonetti, »aber ich glaube Ihnen ohnehin.«

»Sie glauben mir?« fragte Eva total verblüfft.

»Ja, natürlich. Wenn Sie wüßten, was wir hier auf dem Gebiet des Sex-Handels schon alles erlebt haben! Vor ein paar Jahren ist ein Modegeschäft aufgeflogen, in dessen Ankleidekabinen man Frauen und Mädchen betäubt hat, um sie fortzuschaffen. Ein Ganovenpärchen, das sich wie ein bürgerliches Ehepaar zurechtgemacht hatte, hat ahnungslose Mädchen im Kino mit Rauschgift-Pralinen betäubt. Alte Frauen haben Ohnmachtsanfälle simuliert, um von jungen Mädchen nach Hause gebracht zu werden, wo die Opfer dann natürlich von der Bildfläche verschwanden . . . ja, man hat sogar Mädchen am hellen Tag in Autos gezerrt und entführt . . .«

»Ja, und was tun Sie dagegen?« rief Eva.

»Was in unseren Kräften steht. Aber es ist schwer. Sex-Sklavinnen werden heute nicht mehr im Zwischendeck transportiert, sondern im Flugzeug erster Klasse . . . oder auf einer Luxusjacht.«

»Sie meinen also auch, daß Harry Harford in die Sache verwickelt ist?« fragte Eva mit großen Augen.

»Ich bin so gut wie sicher. Eine Fahrt nach Korsika ist ein uralter Trick. Die Mädchen landen natürlich nie auf der Insel, sondern in Tanger, Tunesien oder Marokko. Dort werden sie an Bordelle verkauft.«

»Um Himmels willen«, rief Eva, »bin ich froh, daß ich zu Ihnen gekommen bin! Nun können Sie Harford und Charly endlich verhaften.«

»Charly ja. Gegen den liegt bestimmt ein Haftbefehl vor. Aber Harry Harford ist ein unbescholtener Bürger, außerdem noch Amerikaner. Gegen den kann ich überhaupt nichts unternehmen.«

»Aber die Mädchen . . .«

»Denen geht es doch blendend . . . haben Sie das nicht eben selber erzählt? Die werden nur aussagen, daß sie zu einer Vergnügungsfahrt eingeladen sind. Die ahnen ja nicht, was man mit ihnen vorhat.«

»Das ist schrecklich!« Eva schüttelte sich vor Entsetzen. »Wie kann man diesen Kerlen bloß das Handwerk legen?«

Monsieur Leonetti sah Eva nachdenklich an. »Ich wüßte schon, wie . . . wenn Sie uns dabei helfen würden.«

»Habe ich das denn nicht getan?«

»Doch. Es war sehr richtig, daß Sie uns informiert haben. Aber das allein genügt nicht. Sie müßten auf das Schiff zurück.«

»Zu diesen Gaunern?! Nein, Monsieur Leonetti, das können Sie nicht von mir verlangen!«

21

Monsieur Leonetti von der Kriminalpolizei Nizza sah Eva nachdenklich an. »Ich verstehe sehr gut, daß es Sie Überwindung kostet, wieder an Bord zu gehen«, gab er zu. »Und ich kann Ihnen nicht einmal versprechen, daß es ganz ungefährlich sein wird. Aber es ist der einzige Weg, diese Mädchen vor einer Katastrophe zu retten, und das wollen Sie doch, nicht wahr?«

»Ja, schon«, sagte Eva zögernd, »aber wie kann ich denn jetzt überhaupt wieder dort aufkreuzen, nachdem ich das Schiff auf so komische Weise verlassen habe?«

»Höchst einfach. Spielen Sie ein bißchen verrückt. Tun Sie so, als wenn es ein Scherz gewesen wäre. Wenn Sie mit Ihrem Koffer dort anrücken, wird man bestimmt keine langen Fragen stellen ... Wozu auch? Mister Harford wird es begrüßen, noch ein Mädchen mehr zum Verkauf anbieten zu können.«

»Ich habe Angst«, gestand Eva.

»Ausgezeichnet«, entgegnete Monsieur Leonetti ungerührt, »das wird Sie um so vorsichtiger machen.«

Ein junger Beamter brachte Evas Koffer herein, den er inzwischen von der Bahn geholt hatte, und begleitete sie zu einem Waschraum, in dem Eva sich ungestört umziehen und schönmachen konnte.

Als sie eine halbe Stunde später wieder zu Monsieur Leonetti zurückkehrte – diesmal hatte sie ein fliederfarbenes Maxi-Kleid aus London an –, sagte er anerkennend: »Na also! Jetzt sehen Sie schon nicht mehr aus wie eine gebadete Katze.«

»Hier, ich habe etwas für Sie!« Monsieur Leonetti holte einen kleinen schwarzen Apparat aus seinem Schreibtisch. »Ein interessantes Ding ... sozusagen ein Transistorgerät und zugleich Walky Talky! Sie können es unauffällig in Ihrer Handtasche unterbringen.«

»Und was soll ich damit?«

»Wenn Sie das Radio laufen lassen, dient es als Sender, der von einem Polizeiboot aus angepeilt werden kann. Sie müssen es unbedingt anstellen, wenn das Schiff nachts auf See ist. Die Gangster werden mit Sicherheit die Positionslichter löschen, um sich im Schutz der Dunkelheit in afrikanische Hoheitsgewässer begeben zu können.«

Leonetti gab Eva den Apparat in die Hand, und es gelang ihr, ihn in Betrieb zu setzen.

»Darin besteht Ihre Hauptaufgabe«, schärfte ihr der Kriminalinspektor ein, »tagsüber können wir die Jacht ohne weiteres unauffällig im Auge behalten ... auch nachts, solange sie beleuchtet ist. Aber danach müssen Sie Verbindung mit uns aufnehmen, indem Sie sich erst einmal über Funkverkehr melden. Das geht so!« Er drückte auf einen roten Knopf und hielt sich den Apparat dicht an den Mund. »Achtung, Achtung, hier spricht E ..., E als Abkürzung für Eva. Nennen Sie nicht Ihren Namen und auch nicht den des Schiffes, das Gespräch könnte von den Gangstern abgehört werden.«

Eva seufzte. »Auch das noch.«

Monsieur Leonetti überhörte ihre Bemerkung. »Sie müssen diesen Ruf mindestens dreimal wiederholen. Dann schieben Sie diesen Schalter runter und stellen damit auf Empfang. Wir werden uns melden. Sie können dann eine Meldung durchgeben. Haben Sie verstanden?«

»Ich glaube schon.«

»Aber lassen Sie das Gerät nicht unnütz laufen«, warnte Monsieur Leonetti, »die Batterien sind winzig und nicht besonders leistungsfähig.«

Er gab Eva den kleinen Apparat, und sie verstaute ihn in ihre kleine Tasche. »Und wenn ich keinen Hilferuf sende, wann werden Sie dann auftauchen?«

»Sobald die ›Marylin‹ in Afrika anlegt. Wir wollen die Händler und die Aufkäufer gleichzeitig schnappen. Ich habe mich schon mit Interpol in Verbindung gesetzt.« Er stand auf und reichte Eva die Hand. »Und jetzt, Mademoiselle, kann ich Ihnen nur noch viel Glück wünschen!«

Ein Taxi brachte Eva zum Hafen. Inzwischen war es Nacht geworden.

Eva wanderte mit ihrem Koffer in der Hand zum Pier hinunter und hoffte, daß die ›Marylin‹ schon in See gestochen wäre. Dann würde sie die Verantwortung losgewesen sein.

Aber die schnittige Jacht lag noch an ihrem Platz. Lachen, Gläserklirren und Wortfetzen, alles untermalt von tollem Beat, drangen zu Eva hinüber. Offensichtlich amüsierten sich die Mädchen prächtig. Das Ganze wirkte doch ganz und gar wie eine Vergnügungsfahrt.

Es dauerte einige Zeit, bis Eva die Besatzung auf sich aufmerksam machen konnte und zum Schiff gebracht wurde. Im Moment, als sie das Deck betrat, kam Harry Harford auf sie zu.

»Du?« fragte er. »Das nenne ich aber eine Überraschung!«

Eva strahlte ihn an.

»Was ist dir eingefallen, kopfüber von Bord zu gehen?«

»Ich wollte mir Ihr Angebot erst mal in Ruhe überlegen«, behauptete Eva, »ich lasse mich nicht gern überrumpeln.« Wieder setzte sie ihr schönstes Lächeln auf. »Aber jetzt bin ich ja da und kann Ihnen eine erfreuliche Mitteilung machen: Ich komme mit nach Korsika!«

»Du bist schon ein verrücktes Ding«, sagte er kopfschüttelnd.

Eva stellte mit Genugtuung fest, daß sie genau den gewünschten Eindruck gemacht hatte. »Wo ist meine Kabine?« fragte sie Harford.

Lulu und ein anderes Mädchen hatten sich inzwischen neugierig genähert.

»Ich hab' eine Doppelkabine«, sagte Lulu, »du kannst bei mir schlafen.«

Zusammen gingen sie unter Deck und packten Evas Koffer aus. Eva hätte sich nur zu gerne Lulu anvertraut. Aber sie unterließ es dann doch. Lulu hätte sie womöglich ausgelacht oder den anderen von ihrem Verdacht erzählt. Das wäre schlimm gewesen. Schlimmer noch, wenn Lulu es mit der Angst zu tun gekriegt hätte, oder unter den Mädchen eine Panik ausgebrochen wäre.

Nein, sie mußte ihren Auftrag allein ausführen. Sie fühlte sich neben der ahnungslosen Lulu sehr erwachsen und sehr einsam.

22

Am frühen Morgen stach die Jacht in See. Die Mädchen erschienen erst spät an Deck.

»Hast du den Krach heute nacht gehört?« fragte Lulu verschlafen.

»Nein!« bekannte Eva.

»Anscheinend sind neue Gäste an Bord gekommen.«

»Bist du sicher?«

»Ziemlich. Ich habe Stimmen gehört. Zum Glück war mindestens ein Mann dabei«, sagte Lulu. »Ist ja alles soweit ganz nett hier, aber langsam komme ich mir vor wie in einem Mädchenpensionat. Kein einziger Mann weit und breit in Sicht. Das ist doch kein Zustand!«

»Und Harry Harford?«

»Der wäre gar nicht so übel. Aber anscheinend hat er es darauf abgesehen, den guten Onkel zu spielen.«

Ein Matrose kam vom Unterdeck herauf und meldete Lulu, daß der Chef sie sprechen möchte.

»Bitte, geh nicht!« sagte Eva spontan. »Er kann doch raufkommen, wenn er mit dir reden will.«

»Vielleicht will er aber mehr als mit mir reden«, erklärte Lulu und stolzierte davon.

Eva sah ihr nach und begriff, daß Harry Harford gar nicht einmal angegeben hatte, als er ihr erklärte, daß jedes Mädchen hier an Bord bereit sei, mit ihm zu schlafen.

Lulu erschien erst nach etwa einer Stunde wieder, und sie sah alles andere als fröhlich aus.

»Der ist ja ein Sadist«, stieß Lulu zwischen den Zähnen hervor, »und ich Idiotin geh' noch freiwillig zu ihm hinunter.«

Eva schwieg.

»Wenn das der Preis für die Fahrt nach Korsika war«, sagte Lulu, »dann wäre ich lieber in Nizza geblieben.«

Auch diese Bemerkung nahm Eva schweigend hin. Aber ihre Angst vor den kommenden Ereignissen verstärkte sich.

Die Neuankömmlinge schliefen den Tag über und ließen sich erst an Deck blicken, als die Lichter angingen.

Lulu zog Eva aus dem Liegestuhl. »Du, komm, laß uns die neuen Gäste mal ansehen.«

Zwei Mädchen, beide etwa siebzehn Jahre alt, und ein Mann hatten sich auf der anderen Seite des Decks niedergelassen.

»Nichts Besonderes, wie?« flüsterte Lulu.

Eva war plötzlich einen Schritt zurückgewichen. Mit einem einzigen Blick hatte sie den Gangster Charly erkannt.

»Wo gehst du hin?« fragte Lulu.

»Nur eben mal runter.«

In ihrer Kabine angekommen, schob Eva den Riegel vor. Sie mußte sich erst einmal an die Wand lehnen, tief durchatmen und sich von dem Schreck erholen. In Monsieur Leonettis schönem Plan tauchte der erste Fehler auf. Er hatte doch versprochen, Charly zu verhaften, und jetzt war er an Bord.

Sie holte das kleine schwarze Gerät aus ihrer Handtasche und schaltete auf Sendung.

»Achtung, Achtung«, flüsterte sie in das Mikrophon, »hier spricht E . . . Achtung, Achtung!«

Dann drückte sie auf den Knopf für Empfang. Unendlich erleichtert hörte sie, wie der Polizeifunk sich meldete.

Sie schaltete um und sagte: »Charly ist auf dem Schiff . . .«

»Bitte warten«, kam die Antwort.

»Bitte kommen«, bat Eva, »bitte, kommen Sie!«

Dann war die Stimme Monsieur Leonettis zu hören: »Nein, E«, sagte er, »es liegt kein Notfall vor. Wir halten den Plan ein.« Es knackste, weg war er.

Da hatte Eva sich ja etwas Schönes eingebrockt! Was sollte sie jetzt tun? Dann fiel ihr etwas ein: Charly hatte bestimmt mindestens genausoviel Interesse, nicht von ihr erkannt zu werden, wie umgekehrt. Diese Tatsache mußte sie ausnutzen.

Eva kehrte an Deck zurück, suchte Lulu, verwickelte sie in ein Gespräch und spazierte Arm in Arm mit ihr an Charly und den Mädchen vorbei.

Das wirkte. Bei ihrem nächsten Rundgang hatte Charly sich tatsächlich verzogen.

Der Abend auf hoher See verlief noch turbulenter als der vergangene. Wieder ertönte aus mehreren Lautsprechern Musik in höchster Lautstärke. Die Mädchen amüsierten sich prächtig und freuten sich schon auf Korsika, das am nächsten Morgen angesteuert werden sollte.

Unentwegt wurden Gläser mit Champagner serviert, und alle, außer Eva, tranken tüchtig. Sie tat nur so und schüttete den Inhalt ihres Glases in eines der Rettungsboote.

Sie hatte richtig kalkuliert. Schon gegen neun Uhr begannen die meisten zu gähnen. Das konnte nicht nur am Champagner liegen, sondern es mußte ein Schlaf- oder Betäubungsmittel darin gewesen sein. Gegen halb zehn Uhr war das Deck wie leergefegt.

Eva hatte Lulu, die sich kaum noch auf den Beinen halten konnte, in die Kabine gebracht. Kurz darauf hörte sie, wie von außen ein Schlüssel umgedreht wurde. Leise versuchte sie, die Tür wieder zu öffnen. Aber es ging nicht. Sie waren eingeschlossen.

Lulu war schon eingeschlafen, und so konnte Eva sich sofort mit dem Polizeifunk in Verbindung setzen. Sie atmete auf, als ihr das gelungen war, wenn sich diesmal auch nicht Monsieur Leonettis vertrauenerweckende Stimme meldete. Sie schaltete das Radio ein, legte das Gerät unter ihr Kopfkissen und versuchte zu schlafen.

Mit einem jähen Schreck wachte sie plötzlich auf. Irgend etwas war passiert. Sie holte den kleinen Radioapparat unter dem Kopfkissen hervor. Er sendete nicht mehr. Die Batterien waren leer. Aus.

Dabei war es draußen völlig finster. Ob die Polizei

unter diesen Umständen die »Marylin« überhaupt verfolgen konnte?

Nach einer Weile hörte Eva Lärm. Jemand rannte die Treppe herunter, lief durch den Gang, klopfte gegen sämtliche Türen und forderte die Passagiere in verschiedenen Sprachen auf, an Deck zu kommen. Die Türen wurden wieder aufgeschlossen. Das konnte eine Menge bedeuten, nur das nicht, was der Matrose behauptete, nämlich, daß sie gleich Korsika anlaufen würden.

Lulu erhob sich schlaftrunken.

Eva nahm die Koffer, und hintereinander stiegen sie nach oben an Deck.

Die »Marylin« hatte keine Lichter gesetzt, aber im Schein der Sterne sahen sie noch ein anderes Schiff.

Die Mädchen fragten aufgeregt durcheinander, was denn das zu bedeuten hätte.

Harry Harford klatschte in die Hände, um sich Gehör zu verschaffen. »Meine Damen, bitte, erschrecken Sie nicht, wir haben einen Maschinenschaden und liegen fest. Aber Mister Abdul Hachmed wird so freundlich sein, Sie auf seinem Schiff nach Korsika zu bringen. Ich bleibe mit der Mannschaft hier auf See, bis der Schaden behoben ist.«

Ein freundlich grinsender Araber kam an Deck und verbeugte sich nach allen Seiten.

Blitzschnell durchschaute Eva die Situation. Nicht an der afrikanischen Küste, sondern auf hoher See sollte die Übergabe der Mädchen erfolgen, und von der Polizei war weit und breit nichts zu sehen. Jetzt mußte sie allein eingreifen.

»Nein, Harry«, sagte sie so gelassen wie möglich, »so eilig haben wir es gar nicht, nach Korsika zu kommen. Wir bleiben lieber hier bei Ihnen.«

»Keinen Unsinn, bitte!« Harry Harford wurde ärgerlich. »Tu, was ich dir gesagt habe. Los, los, steigt in die Boote!«

»Nein!« widersprach Eva.

Plötzlich stand Charly vor ihr und schlug ihr über den Mund. »Mach bloß keine Zicken, Mädchen!«

Eva sprang einen Schritt zurück. »Da seht ihr's!« schrie sie den anderen zu. »Das ist keine Vergnügungsfahrt ... wir sollen verkauft werden ... in afrikanische Bordelle! Laßt es euch nicht gefallen, setzt euch zur Wehr!«

Mehr als Evas Worte machte die Wut auf die Mädchen Eindruck, mit der Charly sich auf sie stürzte. Sie begriffen, daß man sie nicht mehr als Gäste behandelte. Sie begannen zu schreien, zu treten, zu kratzen und um sich zu schlagen. Die Übergabe an den Käufer, die Harry und Genossen sich so leicht vorgestellt hatten, begann zu einem echten Problem zu werden, und die Männer wagten nicht, so brutal zuzuschlagen, wie sie wohl gewollt hätten, um die wertvolle »Ware« nicht zu beschädigen.

Plötzlich tauchten Polizeiboote von allen Seiten aus der Dunkelheit auf. Auf die Schiffe wurden starke Scheinwerfer gerichtet. Der arabische Kutter versuchte abzudrehen, wurde aber sofort von der Polizei gestellt.

Eva sprang über Bord und wurde von einem der Polizeiboote aufgenommen.

Eine Viertelstunde später war alles vorbei. Die Verbrecher waren verhaftet, die »Marylin« in den Händen der Polizei, die Mädchen gerettet.

Nur Eva war auf dem Polizeiboot geblieben, und Monsieur Leonetti bedankte sich bei ihr für ihre tapfere Mitarbeit. »Den Orden, den Sie verdient hätten«, sagte er lächelnd, »kann ich Ihnen leider nicht geben, dafür aber habe ich eine andere Belohnung: Die deutsche Polizei wird Sie wegen des unterschlagenen Passes nicht bestrafen. Sie können ohne Angst in Ihre Heimat zurückkehren. Und dann habe ich noch etwas für Sie!« Er öffnete die Tür und ließ einen jungen Mann herein.

»Dirk!?« rief Eva, vollkommen überwältigt. »Wie kommst du denn hierher?«

»Mein Flugzeug hatte Verspätung!«

»Und als Monsieur Jost erfuhr«, fügte Monsieur Leonetti hinzu, »in welches Abenteuer Sie sich eingelassen haben, bestand er darauf, uns zu begleiten.«

Eva weinte und lachte durcheinander. »Ich wollte dir das Geld beschaffen . . . aber es hat nicht geklappt.«

»Denk nicht mehr an das Geld«, sagte er. »Wenn ich meinen Eltern eine so tüchtige Schwiegertochter ins Haus bringe, werden sie uns bestimmt finanziell unter die Arme greifen.«

»Dirk!« rief Eva überwältigt. »Du willst mich heiraten?«

»Was hast du denn gedacht?« Er nahm sie in die Arme, und sie küßten sich leidenschaftlich.